에이리 譯・吳佳音
突如其來的元宇宙
난데없이 메타버스 : 줄리엣에게 웃음을 돌려줘
把笑容還給茱麗葉
元宇宙巴士
搭上莎士比亞駕駛的「假想巴士」，
想像化為現實的瞬間，所有煩惱都被解決了！

目錄

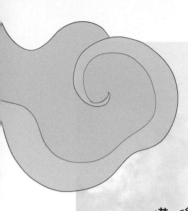

第1章 爸爸媽媽吵架了

我按下外婆家的門鈴。

門後玄關那頭，阿姨驚訝的看著我。

「咦，這不是智柔嗎？你吃過晚飯了嗎？」

我假裝沒聽到，直接走進外婆家。把手洗乾淨後，我又從冰箱裡拿出一瓶香蕉牛奶，便朝著外公的書房走去。

外婆家就在我們家的隔壁棟公寓裡。外公在我就讀幼兒園時就過世了。現在只剩下外婆和阿姨住在這裡。雖然平常週末的時候，我會和媽媽一起來這裡吃午餐、睡午覺，但在平日的晚上八點，我這樣子突然出現，還真是第一次。

書房裡，舊書架上擺滿了外公以前看過的書。

沒錯，跟我記憶中的一樣！我真的很喜歡書。

從小時候開始，我就覺得這個書房很棒。我最喜歡趴在那張鋪在地上的柔軟地毯上，盡情的看著我喜歡的書，然後不知不覺的睡著……以前如果我這樣睡著的話，外公就會把我抱起來，抱到外婆的床上，然後讓我睡在那裡。

阿姨跟著我後面進來房間。她配戴著的銀手鍊上，掛著一個閃閃發亮的小鈴鐺。

「你怎麼會這個時間來呢？媽媽和爸爸不在家嗎？」

「……哼。」

我又忽略了阿姨問的問題，只是從書架上拿出《羅密歐和茱麗葉》後便開始讀了起來。被我冰冷的回應與生疏模樣嚇一跳的阿姨，靠近我後又開始追問：

「智柔，發生了什麼事了，對不對？」

我一邊把吸管插進香蕉牛奶罐裡，一邊回答：

「他們兩個人現在吵得正激烈，所以我就先閃人了。」

「我的天啊，你竟然學會講這種話了！」

阿姨嘆了一口氣，搖搖頭。

阿姨是媽媽的妹妹，他們姊妹倆年紀相差很多。有時候外婆

嘴巴會唸著：「智柔以後長大了，一定會比阿姨還要漂亮，然後嫁到很好的家庭去。」外婆覺得比起媽媽，我長得更像阿姨。

每當這個時候，阿姨就會吐槽：「媽媽，以女性的外表決定為人，已經不符合時代了啦！現在根本不會有人這樣想。而且，長得漂亮就會嫁得好嗎？女性成功的標準是以結婚來看的嗎？」

阿姨認為在社會上，以女性的外表來評論一個人，是個錯誤至極的想法。不管是男是女，應該是以能力和人品來決定他是怎樣的人，而不是靠長相。除此之外，為了要嫁得好，應該要長得標緻，更是大錯特錯。而且我也是這樣想的。

每當這個衝突出現，外婆又會繼續說：

「對啦，對啦，我就是古代人！不管如何，我們家智柔長大一定要比阿姨還要漂亮喔，知道了嗎？」

阿姨想要說服並改變外婆的想法，這是行不通的。

其實，我跟阿姨還真的有點像呢！我們兩個都喜歡偶像團體BTS的智旻。而且我們只要看看對方的表情，就可以知道對方在想什麼。我們最像的地方，就是我們都喜歡玩手機遊戲。

阿姨摸了摸我的頭後說：

「原來是媽媽和爸爸最近吵架了，所以智柔不想待在家！」

果然阿姨就是不一樣，一下子就讀懂了我的心。我沒有做任何的反駁，阿姨也能看出媽媽和爸爸最近的低氣壓。

我的媽媽是個律師。

她每天清晨都會把一疊和我身高差不多高的資料放到車上，接著就出門上班，晚上通常很晚才會回來。就連週末時，媽媽也都戴著眼鏡，坐在書桌旁看著資料。有時候如果我進到媽媽工作的房間，媽媽會對我笑一笑、抱抱我，不久便繼續埋頭工作。

我的爸爸是個作家。

他每天都待在家裡，因為他就在家工作。一大早，他就會準備好我們的早餐、幫我做好上學前的準備、打掃家裡。星期六放假時，我也會幫爸爸的忙。

雖然我們家父母分工的方式，和我其他同學的家不太一樣，但我一點也不覺得有什麼奇怪的。因為奇怪的是別件事情。仔細觀察就會發現，最近他們兩人對彼此好像有諸多不滿。

大約是十天前的事情吧，就發生在餐桌上。爸爸對媽媽說：

「下班回家後，應該要花時間跟家人在一起。如果都回家了，還把公事帶回來處理，那家人怎麼辦？」說完，爸爸便要媽媽給出一個交代。但可能這段話不合媽媽的意，她聽了非常不高興！

「你以為我是喜歡把工作帶回家，才這樣做嗎？每天在家裡閒到發慌的人到底懂什麼？」

「就算工作再忙，都回到家了，也應該花點時間和家人相處。而且你用這種語氣說話，也不看看智柔就在旁邊……」

爸爸的話都還沒說完，媽媽就露出一副不想繼續聽的表情，走回房間了。爸爸的臉紅得像是我愛吃的蚯蚓軟糖一樣。

把我和媽媽相處的時間，還有跟爸爸相處的時間相比的話，我跟爸爸在一起的時間確實長很多。所以我知道爸爸在家有多麼忙碌，也很清楚媽媽說的那番話其實很不公平。

我一五一十的跟阿姨說了那天媽媽和爸爸吵架的經過。

「也不知道是否是媽媽直接回房間的緣故，爸爸突然就跳了起來，把媽媽放在餐桌上所有的資料，全丟到回收桶去了。」

「天啊！然後呢？」

阿姨瞪大了眼睛。

「過了一會兒，媽媽也因為生氣，就把爸爸很珍惜的電視遊戲機丟到垃圾桶裡了。」

阿姨感到不可置信，也了解到媽媽和爸爸關係變得不太妙。

「阿姨，在我看來，這兩個人好像對彼此有些無法理解的部分。對媽媽來說，爸爸很剛毅木訥；對爸爸來說，媽媽常常無視他的話，而且爸爸想說話時，媽媽好像都不想聽、拒絕溝通。」

碰!

「智柔，你呢？他們這樣吵架，你沒有覺得怎麼樣嗎？」

阿姨擔心的問。

我？說真的，我真的沒有覺得怎樣。

雖然彼此相敬如賓是一件很棒的事情，但是我知道要一直保持真的很難。加上他們兩個對彼此的誤會，也已經不是一天、兩天的事了。我能理解他們的立場：我知道媽媽是為了賺錢，才會工作到幾乎不眠不休；而爸爸也是擔心她的健康，才會那樣說。旁觀者清，當局者迷，我是真的知道他們對彼此的心意。

「阿姨，可是我覺得他們兩個都很不成熟。」

阿姨無奈的笑笑，並看著我。

「你現在也才小學五年級，講話的樣子怎麼好像一個年紀比他們還大的人啊？」

「我現在已經到了該知道那些事的年紀了啦！媽媽和爸爸有各自的生活，所以如果他們決定要分開也無所謂。」

「什麼？真的嗎？」

「對啊，我搬來跟阿姨和外婆一起住不就得了？」

「哇，我們智柔好直爽喔！」

「雖然現在的生活亂糟糟的，但是我是真的不覺得怎樣！」

我假裝什麼都不怕，故意這樣回答。阿姨繼續說著：

「智柔，雖然你說現在的生活讓你覺得一團亂，其實……最糟糕的部分還沒來。」

「嗯？那是什麼意思？」

阿姨用她兩隻手輕輕的摸了摸我的臉頰，掛在她手上的小鈴鐺銀手鍊因此叮噹響了起來。

「以後你就會知道了。吃過晚餐了嗎？」

「還沒。」

「那阿姨用土司做一個披薩給你吃吧！」

「好。可以先幫我打電話給爸爸嗎？他可能擔心我呢！」

「好啊！」

那天晚上，我留在外婆家，跟阿姨一起睡。

早上，外婆在土司上抹了一點酸酸的美乃滋再放上鴨肉，做了一個三明治給我。而我卻只擔心著媽媽，不知道她有沒有吃過早餐才出門。

媽媽不太會煮飯，所以爸爸每天早上都會準備早餐。但今天應該就不會準備了吧？畢竟兩個人昨天晚上這樣大吵了一架。

我沒有跟外婆說爸爸媽媽吵架的事情。阿姨眨了眨眼睛，給我一個「我們別跟外婆說吧」的信號。

外婆問我昨天怎麼沒有回家，還睡在這裡。

「因為我想要一直待在外公的書房啊！那裡真的有很多我喜歡的書！」

外婆只要看見我在看書，便感到心滿意足。如果我讀的是外公留下來的書，外婆就更高興了。

我為了要拿書包，需要先回家一趟。在玄關穿鞋的時候，阿姨靠近我說：

「智柔，爸爸、媽媽的想法雖然不同，但是其實他們有一個想法是一樣的，知道嗎？」

「你說的是他們都一樣愛我嗎？」

「對啊，他們非常愛你。智柔真的很聰明，懂的東西真多！」

我和阿姨擁抱了一下後，便從外婆家出來了。

因為課本和筆記本全都放在學校，我只需要帶水壺和平板出門就好。放學後我有一個編輯照片的數位才藝課，所以一定要帶平板去學校。回家後，我發現媽媽果然還是早早就出門了，爸爸則獨自躺在沙發上。跟我想的一樣。

我覺得不要把爸爸吵醒好像比較好。我看了看爸爸，似乎是因為媽媽說的話而覺得很難過，看起來悽慘又可憐。

我想要快點把東西拿一拿就出門。可是為了要裝水，需要到飲水機那邊去……走過去後，我不經意的看到放在餐桌上的紙。

「啊？」

我因為驚嚇而差點叫出聲音，好不容易摀住了嘴巴。

那是一份離婚協議書。

「喔……他們是真的想分開嗎？」

我把那張紙最上面的標題讀了一遍又一遍。

這真的是離婚協議書，而且也有了媽媽和爸爸的簽名。

我不由得感到不安了起來。雖然嘴上跟阿姨說無所謂、沒差，但是他們真的要把小小年紀的我擱在一邊嗎？他們真的要離婚嗎？

在這一瞬間，我突然覺得好生氣。

不用說也知道。這一切一定是身為律師的媽媽先開始的。她今天早上拿出這份文件，簽完名後推給爸爸。爸爸也在一氣之下接過文件、簽上名。接著兩人把文件放在這，各自回到房間去了。

他們明明很般配，別人一看就知道他們是夫妻啊！

為什麼要離婚？即使從烏黑的頭髮變成白髮蒼蒼，他們也應該要海枯石爛的相愛下去！

我突然想起在外公書房讀到的一個故事：《思夫曲》。

在古城李氏文廟遷葬的時候，發現有具棺材裡有大監（編註：當時的一種官位）夫人的木乃伊。據說在棺材裡，還發現了一雙黑色的麻鞋和一封信。

麻鞋是用細長的線編織而成的。因為思念自己的丈夫，大監夫人拔下自己的頭髮，織成鞋子。信裡還提到大監夫人直到黑髮變白為止，都想要和丈夫一起生活的期望。現在雖然朝代不同了，古代的人都那麼的相愛相惜。那為什麼現在的大人都這樣呢？

「大家為什麼都這麼沒責任呢？我現在雖然只有十二歲，但我都能懂這個道理。大人們的生活雖然也很重要，但是一旦結了婚，也是要盡到照顧子女的責任！」

我已經沒有時間再多想，也沒有餘力再生氣了。

我順手拿走離婚協議書，塞到書包裡就出門了。

第2章 突然冒出的巴士

上課上到一半，我的肚子突然痛了起來。

我舉手跟老師說我的身體不舒服。老師問我需不需要去保健室，我搖搖頭。

「可以讓我回家嗎？我想回家休息。」

老師走到我旁邊，彎下腰來看看我的臉。一臉擔心的把手放到我的額頭上。

「我的天啊，你的臉色好蒼白喔！快回家休息吧！要幫你打電話給爸爸嗎？」

老師身上傳來一陣清晰又好聞的薰衣草味。

「不用，沒關係。我可以自己走回家。」

學校和我住的公寓，相隔不到一百公尺。學校和我們家的公寓正肩並肩整齊的排列著。

我把東西一樣一樣的收進書包裡，我的好朋友民宇也來幫我收拾東西。

我從教室裡走了出來。

雖然沒有不舒服到需要回家的程度，但好像真的不是很舒服。不過一走出教室，我又感覺自己好端端的了。我為什麼要早退呢？我想是因為我不想待在教室裡，背包裡那張皺巴巴的文件讓我心情很不好。

不過，我其實也不想要回家，也沒有打算直接回去。但是我都已經走到操場了，此時還真的覺得有點孤單呢！還是我要坐在公寓前那間便利商店的遮陽傘椅區，喝個香蕉牛奶再玩個手機遊戲？不然去外婆家看書好了？我的心情真的好鬱悶！

我一邊穿越空蕩蕩的操場，一邊想著父母離婚的事情。這件事真的沒有其他解決的方法嗎？

把媽媽和爸爸的印章找出來後藏起來？喔！這好像是個不錯的想法！沒有印章的話，資料就不能交出去了。媽媽有次工作的時候說過，她會在文件上蓋委託人的印章。

「成為大人後，印章可是很重要的東西，因為那象徵著自己的意願。所以等智柔長大了，也要好好保管自己的印章！」

我突然感到精神抖擻。

「對，把印章藏起來！媽媽的印章在保險箱裡，爸爸的呢？」

正當我邊想著這件事，邊橫跨過操場的時候……噹！

「啊！」

好像有什麼東西撞到我了。我摀著額頭，跌坐到地上。在撞到的那一剎那，還有一道光在我眼前閃了一下，額頭也痛了起來。

「啊，好痛喔！」

我抬起頭來一看，發現竟然有一座桿子。

桿子？這不是公車站牌嗎？

這裡為什麼會突然出現這個公車站牌呢？

「喔？這是什麼時候開始立在這裡的呢？」

就在這個時候，另一邊的校門大開著，而且有一輛黃色的巴士，正吱吱嘎嘎的開往操場的方向。校門口的警衛伯伯不僅幫忙開門、笑著迎接公車，他甚至還向司機行禮呢！

巴士持續朝著我所站著的操場駛來。對，向著我開來。

而我依然跌坐在地上。

咿——咿——

巴士停在我的前面。引擎還大聲的發出嘎嘎嘎的聲音。

我仔細打量了巴士一下，發現巴士的車身滿是滑稽的塗鴉。有用油漆寫的字、用奇異筆寫的字、用噴漆寫的字、還有用毛筆寫的字。

這些字好像都是小朋友寫的，又很像是大人開的玩笑。應該都是跟那班巴士有關的人留下來的吧？以前跟爸爸在棒球場看過，那時有一輛棒球選手們搭的球團巴士上也有這些留言。全都是粉絲們寫下來的：喜歡的選手的名字、愛心、加油的話語等等。

這輛巴士上的字看起來也差不多。

雖然也有些看不懂、一團亂的留言。

吱呀——匡噹——

巴士的門開了。

神祕巴士

司機讚。

有緣再相逢

能搭上這班巴士是因為你是福星！

不會飛。

但是比飛還要快。

下次會變成魔法師的！

哇！全都是認識的人耶！

一名握著圓形方向盤的司機叔叔俯視著我。他的鼻子很挺拔，鼻下有著纖細的鬍鬚，頭上戴頂帽子，手上戴著咖啡色的手套，胸前有著兩排鑲金的鈕扣，並穿著藍色制服。

司機什麼話也沒對我說，只是靜靜的看著我。

「什、什麼？那個眼神是什麼意思？」

我的心情莫名其妙變得很不好。

看到有個孩子的額頭受傷、蜷曲的坐在地上，這位大人竟然只坐在那裡？現在應該不是若無其事的時候吧？應該要下來確認呀？總之，我也回瞪他。

「把巴士開到學校操場是怎麼回事？你不只擋住了我的去路，現在我還因為司機叔叔的關係受傷了！」

司機叔叔和我之間有一股奇妙的緊張感。公車的引擎依舊嘎嘎的響，但我們之間卻什麼動靜也沒有。

我感到一陣混亂。警衛伯伯竟然還開心的讓這班巴士開進來，那應該不是奇怪的巴士……不對，只要仔細推敲，就會發現這十分、非常、完全、超級、奇怪的奇怪！沒見過的公車站牌撞

ME
TA
ME TA
哇！
全都是認識的人耶！
會找到幸福的
神祕巴士
不會飛
你就是福星
有緣再相逢
元宇宙巴士
W.SP1
—虛擬

到我的頭那瞬間，校門竟然開了；而巴士出現的地方也很奇怪，司機叔叔也很像在馬戲團裡才會看到的人，而且他看我的樣子也怪怪的。這整件事都詭異到不行！

「哼！你為什麼擋住別人的路？」當我轉過身，準備要離開的時候，背後傳來一個聲音：

「你不上車嗎？不上車的話，車子就開走了喔！」

這是司機叔叔對我說的第一句話。

第3章

司機的廬山真面目

我現在坐在巴士裡面了。

沒錯，我還是搭上車了。

剛剛突然被司機叔叔這樣一問，我下意識的就上了車。這班巴士好像是為了要載我才來的樣子。

我也知道不能搭陌生人的車，但是看到窗戶上貼的「兒童專用」貼紙，不知道為什麼就感到安心許多。司機叔叔不發一語、板著一張臉坐在他的位置上，一副好像馬上會有好玩的事情發生的表情。不過比起這些，我們學校門口的警衛伯伯把校門打開後，說了一句很關鍵的話。

「智柔，一路順風、平安歸來！」

警衛伯伯一直向我揮手，直到巴士開出校門。

「司機先生，智柔就麻煩您了！」

面對警衛伯伯這般熱情的招呼與燦爛的笑容，司機叔叔竟然只是冷冰冰的用鼻子回了「哼」的一聲。雖然不是很親切，也沒有什麼禮貌，但不至於令人覺得他是個惡劣的人。

另一方面，我倒是鬆了一口氣。如果這是一班奇怪的巴士，警衛伯伯應該不會有剛剛那些行動吧？

「司機叔叔，請問這班巴士會開到哪裡去呢？」

司機叔叔頭也不回，只顧著開車。

「司機叔叔！」

司機叔叔不回答我，反而說：「什麼叔叔？」說完後，還用鼻子發出哼的一聲。哈！原來是因為我叫他「叔叔」，所以惹得他不高興。那我再重新說一次。

「司、機、叔、叔！」

「嘿！不要一直『叔叔』、『叔叔』的這樣叫好嗎？」

「那我要怎麼稱呼您呢？」

「不知道啦！反正不要叫叔叔就對了。」

就因為他是叔叔才叫叔叔的啊，這有錯嗎？不管是誰看到他，都會叫他叔叔吧！我不再過問。我覺得這班巴士的任務應該是把早退的孩子安全送回家，我決定這樣想了。

看著車窗外的景色，我又想起了早上的事情。

巴士繼續噗噗的朝向某個地方駛去。

就在這個時候，我聽到了自言自語的聲音。

「生存還是毀滅，這是個問題……」

是司機叔叔在喃喃自語。一開始我還很好奇那是什麼話。

「閃閃發光的東西，未必都是金子……」

司機叔叔自己說話說個不停。

「愛不是用眼睛看，而是用心去感受……」我假裝沒有聽到。可是這一次，司機叔叔卻用更大的聲音說：

「英國人還說才不要跟印度交換呢！」我一聽便坐挺了身子，我突然感覺到有點奇怪！

「生存還是毀滅，這是個問題」這是從名劇《哈姆雷特》出來的台詞呀！哈姆雷特對於殺死自己爸爸，又和媽媽結婚的丹麥國王，也就是他的叔父，苦惱著是否該對他進行一場報復行動。而那句話正是劇中有名的台詞。

「閃閃發光的東西，未必都是金子」這句話，是出自《威尼斯商人》這齣劇。向缺德的高利貸業者夏洛克借錢的安東尼奧，因為還不了錢，就按照約定把自己的肉割下來。安東尼奧的朋友巴薩尼奧為了向波西亞求婚，也向夏洛克借錢。那時波西亞用三個箱子來測驗前來求婚的男人們，其中金箱子裡的放的句子正是「閃閃發光的東西，未必都是金子」。

接下來，「愛不是用眼睛看，而是用心去感受」這句話是《仲夏夜之夢》中的海麗娜說的。海麗娜因為自己心愛的男人狄米特律斯，喜歡自己的好朋友赫米婭，而感到傷心不已。她認為自己長得很美，但是喜歡的人卻不喜歡自己，因此讓她無奈的道出這句話來。作曲家孟德爾頌在讀完這浪漫的喜劇後，深深著迷，所以做了一首同名的管弦樂曲。其中，最有名的就是被許多人拿來在婚禮上使用的〈結婚進行曲〉。

這些故事我怎麼都知道呢？我說過我是書蟲，這些全都是在外公的書房讀過的書！而且這些書全都是威廉．莎士比亞的作品。

真是奇怪。

司機叔叔剛剛最後說「才不要用印度交換呢！」這句話，其實是轉述一句很有名的話，意思是雖然印度如同英國，兩國的資源和人口都很富饒。但就算要用印度來交換英國的話，門兒也沒有。原因是英國有位優秀的作家，也就是莎士比亞。大家一開始都以為這句話是英國女王伊莉莎白說的，但其實它是出自英國評論家湯瑪斯．卡萊爾，我也是最近才知道這件事。

我伸長脖子，偷偷的看了看司機叔叔的臉。我偷瞄的時候有點緊張。但是看了以後卻有點困惑。他的帽子戴得低低的，我也說不準叔叔是不是我認識的人。這時候司機叔叔把帽子拉高了一點，好像刻意要讓人看到他的臉。

他有著潔白無瑕的皮膚和高挺的鼻子，再仔細看看那茂密的鬍子，還有像雞蛋一樣光滑飽滿的額頭。

這明明就是在書上看過的臉。

「不會吧？莎士比亞？真的是莎士比亞啊！」

「哈哈哈，現在你認出來了吧！」

司機叔叔得意洋洋的在駕駛座上挺起胸。我心想：怎麼會這樣，怎麼會有這樣的事，怎麼可能啊！

從一開始把車開進操場，緊抓著方向盤的司機，用鼻子發出哼哼聲音，開著發出嘎嘎聲響的巴士，就是、正是，根本是英國作家威廉．莎士比亞！

「叔叔，您真的是莎士比亞對吧？」

「又來了，又來了！又叫叔叔了！」

「啊，真抱歉，您是莎士比亞吧？」

「請加上先生！」

「是莎士比亞先生吧？」

「嗯哼，令人意外的，你反應比我想像得慢多了。我以為你會馬上認出我來呢！還讓我等了這麼久。如果你剛剛有問的話，我還會給你一點提示呢！」

因為我沒有馬上認出他來，莎士比亞還小聲的、有點難為情的念出書中那些名言。

「嗯，有點幼稚呢！」

我在心裡想著這句話，並沒有說出來。

這是一件很驚人的事情。威廉・莎士比亞開的巴士，某一天突然出現在我面前。我到現在還是覺得很神奇，於是我拿出手機。

「莎士比亞先生。請問可以一起拍張照嗎？」

「你高興就好。」

「來，看這裡喔！」

喀擦。

剛好巴士正在等紅燈，停了下來。我去到駕駛座一起自拍。拍了

好幾張，拍到高興為止。而莎士比亞等我拍完後，不動聲色的要我回到位置上，繫上安全帶。

「可是，莎士比亞先生，你為什麼在這裡開巴士呀？」

「因為這是輛『假想巴士』。」

「假想巴士？」

「對啊，在真真假假的元宇宙世界裡，載著客人往返。」

「真真假假的元宇宙世界？」

莎士比亞用一種「連這個也不懂啊？」的表情哼了一聲。

「嗯，那可是連來自十六世紀的我都知道的事呢！」

「元宇宙的意思，不就是線上遊戲嗎？」

我難為情的問了。

「對，你們喜歡的遊戲也在元宇宙世界裡面。只是我們要去的元宇宙是和現實生活有關，卻不是現實生活的地方。所有的事情都環環相扣的！」

「和現實生活有關卻不是現實生活的地方？」

這句話是什麼意思，我完全聽不懂。

「不要想得太複雜。反正去了你就會知道了。哈哈哈。」

我喜歡莎士比亞的作品，因為有趣又幽默，也會給讀者思考的空間。我喜歡的作品有《馴悍記》、《仲夏夜之夢》、《奧賽羅》、《李爾王》、《哈姆雷特》、《羅密歐與茱麗葉》等等。在閱讀這些傑作的同時，可以感受到莎士比亞是何等的仁慈、情感是如此充沛，就跟外公一樣。

可是實際上這樣見到面後，才發現莎士比亞竟然是一位可愛的叔叔，還很會鬧彆扭。不過，他最好還是要把事情講解清楚。

「準備要轉彎了喔！安全帶有繫好吧？」

「有！」

「好，轉彎了！」

莎士比亞在駕駛座按下一顆又大又紅的按鈕。我從前面的玻璃窗看出去，高架橋消失在眼前。巴士咻的一聲，好像進到了一片紫色的宇宙中。星光長長的垂下，宛如來到了光速的世界。

「啊！」

我嚇了一跳，又感到一陣暈眩，不禁叫出聲來。可是這個反

虛擬Bus
You're lucky
司機真的很讚
別擔心
出發 尋找幸福吧！
全都是認識的人
love love
司機很讚
神奇真神奇
我要變成魔法師
真心感謝

應對莎士比亞來說，就像小朋友搭著遊樂園裡刺激的設施而發出的尖叫聲一樣。

「好玩吧？哈哈哈哈哈！哈哈哈哈！」

現在莎士比亞的笑聲也變得跟我一樣了。

就像搭雲霄飛車一樣，巴士突然被吸進一個不知道是哪裡的地方。

「啊啊啊啊啊！」

「啊啊啊啊啊啊啊！」

第4章 來到元宇宙世界

紫光宇宙之旅終於結束了，巴士停在一個平原上。那是個有風呼嘯吹過，如荒漠般的平原。

莎士比亞的雙手仍然緊抓著方向盤，但這回他的眼睛閉得很緊。我怎麼知道的呢？因為我的眼睛先張開了啊！就連司機本人都很害怕這趟旅行的樣子。

「叔叔，不是，我是說莎士比亞先生，你現在可以張開眼睛了。我們好像已經抵達了。」

「啊，原來如此。哈哈哈……」

莎士比亞假裝什麼事都沒發生，還哈哈大笑。

「你怎麼會一邊開車，一邊閉著眼睛呢？車上有小孩子呢，如果發生車禍了，怎麼辦？」

「車禍？哈哈，就是說啊！我看起來好像什麼都不懂，可是其實巴士在開往元宇宙的時候，系統會切換成自動航行模式。所以就算司機的眼睛閉起來，車子還是會開去該去的地方！還有一件事……那就是我可是一點也不害怕呢！」

「那你的眼睛為什麼要閉起來呢？」

「不是因為害怕啦！是因為有髒東西跑到眼睛裡面……」

莎士比亞邊說還邊眨眼。雖然很像是藉口，但看在他的面子上，我就相信他一次吧！

「話說，這是哪裡啊？」

「是元宇宙啊！你看那邊！」

我看向莎士比亞手比的方向，大約距離一百公尺遠的地方，面對我們的是一座高高的城牆和一扇巨大的門。城牆高聳到都碰到天上的雲了，就像古代巴比倫城牆上的伊絲塔城門一般高大。

「現在下車吧！從那個門進去就對了。」

「什麼，我一個人去嗎？」

莎士比亞用鼻子哼了兩聲，並用天生冰冷的表情對我說：

「當然啊！你有看過司機放著車子不管自己離開嗎？」

「從那個門進去以後會怎樣？」

「我沒辦法告訴你。無論如何，你要開始自己想辦法了。快下車吧！我還需要去載其他孩子呢！哎呀！這比想像中還要奔波呢！我是不是在給自己找麻煩啊？」

聽起來好像是除了我以外，還有其他孩子會搭乘假想巴士來到元宇宙。我不得已只好下車了，而坐在駕駛座的莎士比亞在關上車門以前，對我眨了眨眼。

「智柔，給你一個提示如何？愛不是用眼睛看，而是用心去感受！知道了吧？這句話要記得啊！」

「那是什麼……」

在我說完話之前，巴士就已經開走了。看著地平線那一端，巴士越來越小的樣子，我呆站在原地。雖然把我一個人丟在這裡，然後自己把車開走讓我覺得有點討厭，但最令我百思不得其解的是，我到底是怎麼來到這個地方的啊？

「呼，既然都來了，那就進去看看吧！」

我朝著那扇雄偉的門走去。那扇門看起來又厚又重，但輕輕的推了一下後，竟然很容易就被推開了。

進到裡面後，又出現了另一扇門。如果說明一下我現在的位置的話，就是夾在兩道門之間。

可是現在有一道聲音傳了出來。

嗶啵露，嗶嗶。

很像是從遊戲機傳出來，那種嗶嗶啵啵的機器音。

我東張西望、左顧右盼一番後，在某個角落竟然看到一個很大、像販賣機的東西。很像我們家客廳的直立式冷氣。聲音也是從那裡發出來的。

嗶啵露，嗶嗶。

「這是什麼呢？是機器人嗎？」

機器發出嗶嗶聲響的同時，大螢幕上出現了一些字。

金智柔，十二歲。美華國民小學，持有點數：300點。

這個機器竟然知道我的名字、年紀，甚至連小學都知道。

「『持有點數：300點』又是什麼呢？」

我看不懂那是什麼意思。可是就在這個時候……

嗶哩啵啵，啵露啵。

機器發出和剛剛不太一樣的聲音，螢幕上又出現字。

閱讀過的書本量。

嗯，所以意思是到現在為止，我讀過的書有三百本。差不多吧！因為我從小就喜歡待在外公的書房。

讀過的書本量等同於點數，可是用這個點數又可以做什麼呢？我還在思考，這個地方是不是要進去某個地方的前哨站？因為通常在一個遊戲開始前，都會需要取名字、選擇職業、服裝等。現在，螢幕又出現別的字了。

請從下列選項中做出決定。

機器畫面上出現很多小小的選擇項目。還有很多我看不懂的語言。我在這當中選擇了中文。

請從下列選項中選擇職業。

穿著樹葉內褲的泰山（1點）

穿著虎皮大衣的獵人（10點）

平凡的戰士（100點）

射箭手（80點）

米其林二星主廚（70點）

擺攤達人（80點）

尖嘴猴腮的賢者（20點）

天天無趣的學者（30點）

「果然跟我預期的一樣呢！」

只要選擇了職業後，我就可以通過那道門了。簡單來說，如果要當「平凡的戰士」，需要扣100點，「射箭手」則需要80點。

可是當我繼續往下看後，我不可置信的張大雙眼。

安裝核彈的軍人（420點）

只受大叔們歡迎的長髮搖滾歌手（150點）

能背誦貝多芬鋼琴奏鳴曲的鋼琴家（550點）

訂閱人數有百萬的YouTuber（680點）

能飛到天上的英雄超人（900點）

美國排行榜上排行第一名的偶像團團長（1500點）

「偶像團團長」需要一千五百點才選得了！要讀一千五百本書才能選！我的好朋友民宇來到這裡，恐怕就只能穿樹葉內褲。因為我只有三百點，所以點選了「平凡的戰士」。然後我的身上開始出現了深色的鎧甲，緊緊的包住我的身體。咦？這不是又沉又重的鎧甲嗎？就是中世紀的騎士穿的那種款式呀！可是穿上這身衣服的我，看起來倒是挺帥氣的。像冷氣的機器旁有一面長長的鏡子。對著鏡子一照，我就像一位勇敢的戰士一樣呢！

啊，可是，我的臉！這不是我的臉！

雖然長得仍有幾分神似，跟我原本的臉很像，但是不知道是哪個部分，讓我看起來成熟許多。像是用修圖軟體調整過的臉一樣。所以乍看之下，是我的臉沒錯；仔細一看，又好像是用繪圖軟體畫出來的臉。

「為什麼連臉都變了？簡直就是活生生的虛擬人物嘛！」

在這個時候，腦袋突然浮現莎士比亞的話：這不是現實的世界，但所有的東西都是環環相扣的。

好吧，我從美華國小五年級的金智柔變成戰士金智柔了。所

以臉也跟著遊戲裡的人物改變了

嗶哩啵，啵啵露。

這時，螢幕上又出現了什麼東西。

請選擇基本配件，將會搭配你的『咒語』使用。

不管是什麼都能砍的劍（160點）

刻有耀眼玫瑰圖案的銀盔甲和披風（140點）

計算所有問題的頭盔（100點）

無條件通過的身分證（150點）

預防孤獨的寵物（200點）

還要買配件呢！

「如果還需要使用點數的話，看我現在穿著鎧甲，拿把劍來升級好像是最好的選擇了！」

我目前還有二百點，我思考著我要如何選擇。我想我不需要什麼裝備，反而需要一隻寵物。畢竟連在門的另一邊有什麼我都不知道，如果只有我自己一個人，好像有點孤單、鬱悶，再加上我真的很討厭無聊。況且，如果選擇寵物的話，需要的點數剛好是我剩下的所有點數二百點。

「配件會搭配我的咒語使用，這句話又是什麼意思？」

算了，就先這樣選擇吧！

當我做出選擇後，不知道從哪裡冒出了一隻有翅膀、會飛的小粉紅豬，牠在我的肩膀旁開心飛著。牠的大小就跟我房間裡的小豬撲滿差不多，牠的脖子後面有三條粗粗黑黑的紋路，就像是斑馬的花紋。

「你叫什麼名字？」

雖然我問牠話了，牠卻什麼都不回答。

牠有著一雙呆愣的眼睛、哼哼叫的鼻子、還有啪嗒啪嗒飛的翅膀，卻不會說話。我納悶著是不是做錯選擇了？我又開口問：「你會講話嗎？」

啪嗒、啪嗒、啪嗒。

只有揮動的翅膀回應著我。

「那我幫你取名字吧！就叫『哼哼』好了，你覺得呢？」

哼哼好像很喜歡，所以在我的周圍繞著圈圈打轉。現在我把我的點數全用光了。

「可是，這個門要怎麼開呢？」

我輕輕的摸了這扇門，但是因為太重了，一點動靜也沒有。第一扇門明明那麼好開，這道笨重的門卻緊閉著，就像一道巨大的牆壁。讓我想到古蹟的城門。

你們有近距離看過古蹟的城門嗎？我曾經跟爸爸在門前拍照

過。媽媽那時候待的法律事務所附近有座古城門，我們就跟著上班的媽媽一起去了。那天早上，媽媽需要很早到公司，所以我們也很早就抵達了。那一天，我剛好看到古城門打開的樣子。

那是一道又厚又重的門。爸爸看著門慢慢打開的樣子，覺得感動至極。用了「國家打開第一道關口的瞬間」來形容。爸爸那天跟我說明著，以前的國家不是民主主義，而是王政國家。所以，打開宮殿的第一扇門，就意味著國家的一天也開始了。

現在在我眼前的這扇門，也跟古城門差不多。

「要怎麼做，門才會開呢？」

就在這時候。

噗啊啊啊。

哼哼放屁了！這是我這輩子聽到最大的聲音，所以我沒有摀住鼻子，反倒是摀住了耳朵。周圍揚起了沙塵，所以我雖然張開眼睛，但是卻看不清楚前面的東西。我摀住耳朵，閉上眼睛，等待這一切過去。

哼哼在我耳邊哼哼叫。我稍微張開眼，發現門竟然打開了！

哼哼放的屁讓門打開了！這是什麼道理啊？我真的摸不著頭緒。小小的哼哼竟然有能力放出像雷一樣的屁，那個屁還把原本緊關著、厚重的門打開了。

莎士比亞的話突然又出現在我耳邊。

「這是和現實生活有關，卻不是現實生活的地方，所有的事情環環相扣。」

對，和預期的有落差、在現實中也不會發生的事情，現在不就在我眼前上演了嗎？

我現在搞清楚了，在真真假假的元宇宙裡，所有的事情都有關連。但也不會是個無極限的世界，一定會和現實有所連接。我大概懂了，為什麼莎士比亞先生會把我帶到這個地方。或許我在這個亂七八糟的世界裡，會發現我最真實的樣貌也說不定！

想到這裡，我不禁渾身是勁。

「好，雖然不知道這是什麼地方，先進去吧！」

我進到門裡面了。身上穿著的鎧甲發出金屬碰撞的聲音，就像我下定了的決心一樣響亮。

第5章 念出魔法咒語

我在一個沙漠裡走呀走，直到眼前出現一座城市。

這城市貌似是一座已經開發的發達城市。高塔直聳入天際、路上交通被汽車擠得水泄不通。不只是路上有汽車在跑，還有像龍一般的生物在天空中飛翔，道路上同時有騾車，又有最新款的跑車，好不熱鬧！真是個百年難得一見的城市。

「簡直就是個大雜燴嘛！」

還有比這更奇怪的地方！有一區是高樓大廈區，然後旁邊又有一條長長的路，走進去後彷彿來到另一個世界。就像中世紀的歐洲，有高聳的城門。城周圍有條護城河，農夫都在河畔耕田！

還有，走過一座天橋後便能去到一個世外桃源。那個景象就像以前我們的祖先在扇子或屏風上畫的畫一般。寂靜山坡下有一隻鶴在飛翔，鬍鬚蒼白的神仙把老虎當作枕頭靠著，還有個男孩在神仙旁邊用小藥罐熬著藥。

就像這座城市的每個區域都有自己的樣貌，並有著截然不同的文化，不知道這樣的表達夠不夠貼切，總之，真的很神奇！

我又繼續逛了一下，走在路上的人和我一樣都是虛擬人物。他們大概也都是搭著假想巴士來的吧！

不遠處的電線桿旁，有位古代皇帝把原本配戴的黃金玉帶（皇帝圍在衣服上的玉帶）放在地上，正表演著雜技。那些看雜耍的人還把硬幣投到捲成圓形的玉帶裡。然後在餐廳前面的露天咖啡廳裡，希臘神話中的天神宙斯和赫拉正在吃意大利麵。

「怎麼連這種地方都有？這到底是誰創造的世界？」

這裡竟然還看得到美國舊金山的金門大橋（Golden Gate Bridge，連接美國舊金山和馬林郡的吊橋）。

在金門大橋上，有一群人圍在那裡。我湊近一看，不禁嚇了一跳！是兔子和烏龜正進行著舞蹈比賽呢！不知道是連接了誰的手機，旋律正從喇叭中不停的流瀉出來。

兔子和烏龜正跳著華麗的機械舞。看著大家不停歡呼、加油的樣子，他們應該在這一個區域是以跳舞聞名，而且成為了不可或缺的存在了吧！在這群圍觀的觀眾當中，還有吃著一碗麥片的老虎、章魚頭樣子的外星人、揹著魚竿的鯊魚等。牠們全都跟著音樂的旋律擺動著身體。

聽著聽著，我也稍微搖擺了一下身體。我似乎跳得更好呢！

正是這個時候。

兔子張開雙臂翻了一個觔斗，牠戴在手上的手錶竟然掉落並滾到我面前。我趕緊撿起手錶還給牠，兔子意識到手錶不見後便停了下來，然後關掉手機裡正播放著的音樂。

那一瞬間，四周安靜了下來。似乎連一根針掉到地上的聲音，都能聽得一清二楚。

兔子慢慢的靠近我。

「哇！你真的很會跳舞！」我說。

兔子沒有做任何的回應，只是靜靜的看著我，接著就把我手上的手鍊用力的搶回去，再次回到烏龜身邊。不知道是不是沒了跳舞的興致，兔子拿走了喇叭跟自己的物品後，便走向另一邊去了。烏龜也跟著兔子走了。

圍觀的人們也鬧哄哄的散去。是不是因為我讓大家沒辦法繼續看牠們跳舞呢？我感到有些不好意思，可是又覺得疑惑。我有做錯什麼事嗎？我只是在一旁看著，並把掉到地上的東西撿起來而已。

「什麼啊，真沒道理。」

在這個時候，南方古猿為了跟我說話，走了過來。

「那個，穿著深色鎧甲的戰士，請問你知道NASA（美國國家航空暨太空總署）的建築物在哪裡嗎？」

我有點不知所措。我今天才剛來，怎麼會問我路？所以我跟牠說我也不知道。可是南方古猿竟彎著身，摸著下巴，用一個很煩惱的神情看著我。

「完蛋了，我要在時間內到那裡才行呢！」

「你要去做什麼呢？」

「我要去那裡和人進行面談，希望有人對我新的理論有興趣。就是提到恆星和恆星之間，比光移動得還要快的那個理論。我要請他們和我一起進行這個實驗或討論。」

南方古猿可是在三百萬年前就開始生活在地球上了，也是最早時期的祖先。牠們從樹上下來、兩腳站立，是最初的人屬動物。但是南方古猿怎麼可能創造移動恆星的理論？

也在這個時候，附近來了一名穿著太空服的NASA員工。

「你問問他吧！他的手臂上不是有NASA的標誌嗎？」

「喔，謝啦！」

他對我眨了眨眼，便朝著穿著NASA太空服的員工走去了。那個NASA的員工跟他說「跟我來，我剛好也要去那個地方」後，便帶著南方古猿消失了。

「這裡是個亂七八糟的世界呢！」

我走過金門大橋。

「啊，你在做什麼？」

在我眼前出現了一道長長的影子。我抬起頭來一看，發現是一隻很大的恐龍，就站在眼前。牠的個子看起來約莫是十層樓公寓那麼高，牠的背上有尖尖的角、還有張兇殘又可怕的臉，這隻恐龍就是……

「是哥吉拉！」

「吼喔喔喔！」

在金門大橋的入口處，怪獸哥吉拉在攻擊某個個子高挑、穿著黑色西裝的人。為了躲避哥吉拉嘴裡噴出來的烈火，穿著西裝的人慌張的東奔西跑。哥吉拉舉起牠巨大的腳，朝那個人踩下去。穿著黑色西裝的人驚慌失措的跑來跑去，最後在垃圾桶前面暈倒了。忽然之間，哥吉拉的影子籠罩在那人的身上。

「喂，你為什麼要這樣對那個人啊？」

我拿著劍，在地上拖著，並朝著哥吉拉跑過去。雖然我的劍一點也不銳利，但是我也管不了那麼多了。因為我是戰士，當然要懲罰那些做壞事的人。

「啊！」

我的身體竟然飛躍到了空中。在元宇宙的重力似乎比現實世界還要弱！身上雖然穿著沉重的鎧甲，但是我的身子竟然飛得比想像中還要高！

我輕巧的降落到哥吉拉的背上。哥吉拉好像還以為是有什麼小蟲子爬到牠身上，只是搖了搖身體而已。

大家的眼神仍緊盯著那個穿著黑色西裝的人。

我用哥吉拉可以聽到的聲音大喊。

「喂！你為什麼要欺負比你還弱小的人？」

這時，哥吉拉才發現我站在牠的背上。我使勁的抓著長在哥吉拉背上，像珊瑚礁一樣的刺角。牠想把我從身上搖下來，但這個程度的搖晃根本不算什麼，就像在遊樂園搭衝鋒飛車而已。玩那個設施的時候，我只會因為刺激而大叫，一點都不會害怕。

哥吉拉好像因為累了、喘不過氣而停了下來。我拿著劍，堅挺的站立著。在我旁邊飛來飛去的哼哼指著哥吉拉脖子的某個地方。我心裡立刻傳來一個想法告訴我：這邊是「睡點」。意思是說，如果刺下這裡，哥吉拉就會昏倒然後睡著。

我馬上拿劍刺了進去。手上這把又短又粗的劍當然沒辦法刺進哥吉拉那如鋼鐵般的皮膚，但是可能這個地方是牠的弱點吧？牠好像受了強大的衝擊。巨大的哥吉拉倒下，發出「碰」的一聲，還昏了過去。大地被牠這麼一震，四周的塵土紛紛飛揚起來。

我在空中瀟灑的轉了一圈後，落地了。

我身邊的虛擬人物們全都在拍手歡呼著。真的是一件很帥氣的一幕！打敗惡棍竟然是一件這麼令人激動不已的事，真的很有趣！但這種感覺卻又跟在遊戲裡取得最終勝利截然不同，現在可是一件真實發生的事情！

穿著黑色西裝的人挺拔的站在我旁邊。

「穿著深色鎧甲的戰士，真的非常感謝您救了我。」

「您沒有受傷吧？」

「一切安好。我一心一意只想著該做的事情，走啊走，不小心踩到睡得正香甜的哥吉拉的尾巴，所以那頭怪獸才會攻擊我。但這樣看來，您似乎是第一次來拜訪元宇宙的樣子！」

穿著黑色西裝的人拍了拍沾在黑色帽子上的灰塵，笑了出來。他的頭髮捲捲的、鬍鬚一團亂。靠得這麼近看他，他的個子好像更高了一點。

啊！啊！

我好像在哪裡看過他，他是亞伯拉罕·林肯總統，是我很喜歡的偉人呢！竟然能在這裡遇見美國第十六任總統！

被他發現我認出他來後，他心滿意足的笑了出來。

「這位天使，你叫什麼名字？」

「我叫做智柔。金智柔。」

「你也是搭巴士來的嗎？」

「您怎麼會知道？」

「當然，因為只要搭乘假想巴士就會來到元宇宙。哈哈，真高興看到你呢！」

「謝謝。可是，元宇宙是什麼呢？」

「帶你來的人沒有跟你說嗎？」

我想起了莎士比亞的臉。腦中浮現他鼻子哼哼作響，擺出一副好像知道、又好像不知道什麼事情會發生的那種表情，還有嘴角微微上揚的樣子。

「沒有，他不是很親切呢！」

聽著我的回答，林肯總統笑著說明著：

「元宇宙就是和現實相關的虛擬世界。某個人的日常生活、某個人的所有，都稱為他的世界。元宇宙呢，就是幾個不同的人，也就是幾個不同的宇宙所集合的空間。這樣解釋，應該比較清楚了吧？和現實雖然緊密連結，但卻是不同於現實的假想空間。人們在這裡可以享受很像現實但又不是現實的快樂。先不說這些了，帶你來這裡的人是誰呢？」

「是莎士比亞先生。」

聽了我的回答，林肯總統恍然大悟，呵呵呵的笑了出來。

「他很常碎碎念呢！來的路上應該沒什麼事吧？」

「當然有啊！他還假裝自己很懂呢！」

林肯總統聽完我的抱怨，只是笑著繼續說：

「他對於元宇宙沒有詳細的說明，應該是有他的理由的。對了，如果是由大文豪莎士比亞帶你來的話，現實生活中你應該是一位很愛看書的孩子對吧！」

「嘻嘻，您說的沒錯！」

「元宇宙是現實生活的延伸，所以你的面前才會出現莎士比亞。因為你喜歡書，才會被和書有關的人帶來。再跟你說一次，這個地方是和現實緊密相連的地方。」

「如果我喜歡鋼琴的話，這樣帶我到元宇宙的人……」

「嗯，應該就會是貝多芬或蕭邦了吧，哈哈！戰士金智柔，你未來在這裡遇見的任何人，雖然模樣和現實生活不同，但是全都是和你在現實生活當中有關的人喔！」

林肯總統指著在廣場聚集的人們說：

「那些虛擬人物也都是從現實生活當中來的人。全都是訪問者，因此他們全都在這裡做他們想做的，或者喜歡的事。」

「所以經過金門大橋時，我遇到的皇帝、兔子，啊！還有南方古猿。他們全都是從現實生活當中搭著假想巴士來的人嗎？」

「就是這樣！他們也是搭著假想巴士來了之後，選擇各自想要當的虛擬人物進而變身成的。在那些人當中，有校長、也有知名的搞笑藝人。他們在這邊當賽車手，或者游泳選手。」

「哇！」

「在現實生活當中，有些人可能因為諸多原因而不能做的事情，在這個地方他們就可以自由的選擇。當然，在這裡的人物不會只有以訪問者的身分拜訪元宇宙的人。還有些像我一樣，也有一開始就在這裡的解說者虛擬人物。我們被稱為NPC（Non-Player-Character）。」

「訪問者虛擬人物、解說者虛擬人物……」

真是一連串的驚奇呢！元宇宙就是虛擬人物居住的地方嘛！路上行走的類人猿、穿著中世紀服裝的人、穿著太空服的人，全都是從現實生活來的訪問者虛擬人物。很多人都在元宇宙以虛擬的身分存在著。我不也是嗎？十二歲的金智柔透過虛擬人物，變身成一位勇敢的戰士。

「那麼，訪問者虛擬人物和解說者虛擬人物彼此可以認出誰是什麼身分嗎？」

「嗯，這就難說了。就像今天智柔救了我一樣，我可以感覺得到你的身分。但有些感覺較遲鈍的人是不會察覺的。有一件最重要的事，那就是訪問者虛擬人物之間絕對不能彼此透露自己在現實生活中的事情。這是規則喔！」

「那我就讀美華國小，我的名字是金智柔這些事情，是不能被發現的嗎？啊！」

我說出這段話後，因為怕被其他人聽到，趕緊摀住嘴巴。

「因為這裡是和現實生活不同的地方，有許多人想要彼此隱藏自己的真實身分。」

林肯總統拿出放在口袋裡的懷錶，難為情的說：

「哎呀，這麼晚了！我需要去換衣服了！」

「您要去哪裡啊？」

「我這次要去當司機了！」

「是假想巴士的司機嗎？」

林肯總統點點頭。

「當然啊！這裡有名的人有權限可以出去把小朋友帶來這裡。我現在計畫的是，把一個在阿富汗的少年帶來這裡。少年的父親因為抵抗獨裁政府，現在正陷入了危險。」

「真是一件遺憾的事呢！」

「那個國家現在在打仗呢！我要把少年平安的從戰爭中救出來，而且我也想要告訴他民主主義是多麼的珍貴。希望少年在成長的過程當中，可以為自己的國家帶來好的影響。」

原來剛剛林肯總統一面想著這件事，一面擔心著自己是否能做好份內的工作，才會不小心踩到哥吉拉的尾巴，因而被攻擊。

「您和莎士比亞不同，您開車的時候應該是冷靜又安全的。」

「記住了，這裡遇到的虛擬人物全都是在現實生活當中和你有關的人，這就是這裡和其他幻想世界不同的地方。請以戰士的身分體驗一下後再回去原本的生活吧！我先走了。」

「謝謝您，請小心慢走！」

我向林肯總統鞠躬道別，抬頭後才發現林肯總統已昂首闊步的快步離開了。

「莎士比亞先生沒有跟我解說的這些事情，幸好我遇到林肯總統，他全跟我說明清楚了。」我這樣想著。

林肯總統說要讓阿富汗的少年明白民主主義的重要，所以要把他帶到這個地方來。那麼，莎士比亞把我帶來這裡肯定也是有原因的。而且他也說了，這裡是和現實生活有關。這麼說來，不是在現實世界，而是在元宇宙裡有我要解決的事情嗎？我需要在這裡經歷什麼事呢？我開始好奇那些即將要發生的事情了！

因為不停動著腦袋，我肚子好餓喔！哼哼也吵個不停。

「哼哼，你肚子也餓了嗎？」

我突然聞到一股很香的味道。哼哼也興奮的用力拍打、振動翅膀，然後開始在我的周圍飛繞。哼哼發出哼哼聲，指向某處。

哇！是間香腸店！

「我還在想是哪裡這麼香呢，我們快去吧！」

我朝著那間店跑去。

那間店的老闆竟然是一位有著寬大山豬臉的人。他穿著塑膠圍裙在賣香腸。店裡面販賣各類的香腸。

「歡迎光臨。你要哪種香腸呢？」

「全部看起來都很好吃！就這個，鑫鑫維也納香腸。」

老闆拿了一個白色紙袋，放了一串香腸進去。

「總共五億元。」

我一聽差點沒昏過去。

「您是說五、五億元嗎？」

老闆的眼神突然變得銳利起來。

「你沒有帶錢來嗎？」

「沒有。」

「那我就不能賣給你了。」

「那我要怎麼做才吃得到呢？」

「這是什麼意思呢？」

「我其實第一次來到元宇宙。但我現在真的好餓喔！不知道我應該做什麼，才吃得到鑫鑫維也納香腸呢？」

老闆那張山豬臉呵呵笑了兩聲。

「這裡也跟現實世界一樣，需要付錢。沒有免費的東西！」

錢？原來如此。我口袋連一毛都沒有，更別說五億元了。

老闆提議：「把你帶來的寵物給我就可以吃了。」

用哼哼換香腸？

哼哼用擔心的表情、在我的耳邊來回飛著。好像在跟我說不要把牠賣掉一樣。

對了，我怎麼聽得懂哼哼的話？

我只是感覺到牠在跟我說話而已。這是很奇妙的事情，我只要看著哼哼的表情就可以知道哼哼想說什麼，就像是我們之間有心電感應一樣。

「不要擔心，我怎麼會把你賣了！頂多就不吃香腸啊！」

哼哼聽了擺出一個奇怪的表情，突然之間，我又想起了莎士比亞的話。

「啊，愛不是用眼睛看，而是用心去感受？」

這時，哼哼噗的一聲，放了個屁。我腰間那個皮做的口袋，哐啷哐啷的發出了聲響，突然之間鼓了出來。於是我把手伸進那個沉重的口袋裡。

「哇！竟然變出錢來了！」

錢幣的正面刻著「一億元」。在這個世界，一個錢幣的價值竟然是一億元！我給了五個錢幣後，便得到了一串香腸。

你們應該也想到了吧！沒錯，莎士比亞要我記住「愛不是用眼睛看，而是用心去感受」的這句話，不是別的，那正是一句魔法咒語。而我選擇的物件——哼哼就會把我想要的東西給我。

「哇！這個這麼好的東西，怎麼到現在才告訴我啊？」香腸好吃的不得了，香味當然是不在話下，而且咬起來很有嚼勁。

「啊，如果夾著麵包吃一定會更好吃。哼哼，我們再來念念咒語，這一次把麵包變出來如何？」

聽我這麼一說，哼哼露出惶恐的表情，鼻孔忽大忽小的呼吸著，就像在拒絕一樣。

「為什麼？有魔法咒語的話，我就可以做所有想做的事了，不是這樣嗎？」

哼哼用自己的背推了我一把。我這才發現哼哼原本脖子後面的三條紋路剩下兩條了。花紋竟然少了一條了！

哼哼露出討人厭的表情，並持續哼哼的叫著。

我感到驚慌失措，然後怨恨的看著手上剩下的香腸。

「三個條紋意思是，我可以使用三次咒語？」

哼哼繼續叫著，想要解釋這一切。

搭著假想巴士的訪問者虛擬人物，不管是誰，都可以從司機那裡得到魔法的咒語。而且可以在元宇宙的前哨站選擇一個物件，那個物件也就是實施魔法咒語的道具。如此說來，魔法咒語一定需要透過物件才能實現了。

例如，某個孩子從司機那裡得到的咒語是「巨人啊，聽聽我的願望吧！」在前哨站選擇的物件是「閃閃發亮的戒指」，這樣就會設定成功了。那麼那個孩子會透過咒語，同樣得到三次施展魔法的機會。如果他唸出咒語，戒指上的巨人就會出現。另外，隨著司機、物件的不同，咒語就會不一樣。這也是哼哼跟我說的。

我從莎士比亞那裡得到的魔法咒語是「愛不是用眼睛看，而是用心去感受」，在前哨站選擇的物件是寵物，所以我的魔法會透過哼哼實現。剩下的魔法數量則會刻在哼哼的脖子後面。現在我剩下兩次的使用機會了。

「啊，剛剛因為香腸而失去了一個重要的機會呢！」

哼哼明明自己也想吃香腸，才會誘使我使用魔法咒語。沒辦法了，現在只能留到真正需要的時候用了。

這時哼哼又在我的臉旁飛來飛去。我看向哼哼所指的地方，有好多的人聚集著，好像發生了什麼事的樣子。

我先在這邊暫停思考我的事情了，因為我需要過去看看那邊的狀況。

第6章 兩家子擔心的事

穿過層層人海，我也進到了人群裡面。廣場上有穿著貴族衣服、持著刀劍的男人們坐在階梯上。

總共有十個人。

有五名男人別著紅色徽章，剩下的五名則別著藍色徽章。他們穿的衣服顯示他們可能是貴族，周圍群眾正激昂的大喊著：

「馬上讓他們結婚吧！」

「兩家子都覺醒吧！反省吧！」

不知道那些男人做錯了什麼，大家才會這樣喊叫著。

更令人詫異的是，面對群眾的斥責，那些穿著貴族衣服的男人們只是蜷坐著，連頭也不敢抬。

我問著旁邊那位脫掉上衣、只穿著皮內褲的男人。

「叔叔，那些人是誰啊？」

「他們是蒙太古家族和凱普萊特家族的人。」

「那不就是《羅密歐與茱麗葉》書裡面提到的家族嗎？」

那兩個家族的名字我一聽就知道了，畢竟這是莎士比亞作品中我最喜歡的書。

「對，出現在《羅密歐與茱麗葉》這本書裡。」

「可是，那些人做錯什麼事了？」

「他們把故事搞得一團糟。現在，這兩個家族的事情該按照故事情節發展下去，是時候讓兩個家族按照原作一樣運作了！」

穿著皮內褲的男人以猙獰的表情對著他們大吼著，而他旁邊的大猩猩也跟著大喊起來，我從來沒有見過看過這麼激動的人群。

我走向那群穿著貴族服裝的男人們。

「你們好，我知道你們是誰！穿著藍色服裝的是蒙太古家族的人，穿著紅色服裝的則是凱普萊特家族的人吧？」

他們不發一語，點點頭。近看才發現他們遠比我想像中得還沮喪，連肩膀都毫無生氣的垂了下來。

「為什麼其他人會這樣生氣的斥責你們呢？」

凱普萊特家族中的一人欲言又止，最後才開口：

「你看他們也好，我們也罷，全都是故事中的虛擬人物。」

我看向聚集在廣場的人。真的呢，他們全都是出現在故事裡的人呢！

對這兩大家族不滿的群眾，全部都是解說者虛擬人物。例如：唐吉訶德、哈姆雷特、哈利波特、韓國盜賊洪吉童、海克力斯、鐘樓怪人、快樂王子、吹牛大王閔希豪森男爵等。

我看了一下一開始跟我對話的男人，才發現原來他是泰山！

凱普萊特家族的人開口說話：

「現在蒙太古家族的羅密歐和凱普萊特家族的茱麗葉，他們完全無法相處。所以其他故事中的人才會要求我們無論如何，都要按照原作的故事情節發展。唉！甚至還要他們結婚呢！」

「你是說，這裡的羅密歐和茱麗葉不喜歡彼此？」

「嗯，真是不得了了！如果按照現在這樣子繼續下去的話，一定會變得一團亂的。」

「那是什麼意思呢？」

「這裡是順著現實生活中發生的事情繼續走下去的元宇宙。

這兩個人如果在這裡互不喜歡的話，在遙遠的現實世界裡，那些數不清的『羅密歐與茱麗葉』又會如何呢？想必也是會變得亂糟糟吧！所以我們不願意這裡發生的事和現實發生的互相違背。」

這真是一件令人不可置信的事情。羅密歐和茱麗葉怎麼會互不喜歡呢？對了，你們應該都知道這個故事吧？

如同《梁山伯與祝英台》，英國最著名的就是羅密歐和茱麗葉。他們是連命運都無法將彼此分開，清純又美麗的愛的代名詞。

要我說簡單一點嗎？

哼哼在我頭頂繞著圈子飛來飛去，說他很好奇。好吧，看我金智柔把《羅密歐與茱麗葉》的故事簡單的說一次，仔細聽好喔！

《羅密歐與茱麗葉》是威廉．莎士比亞的劇本。如果不知道什麼是劇本的話，那我就從劇本是什麼開始解釋吧！劇本是從古希臘時期開始的一種文學種類，也就是讓演員可以在舞台上演戲用的台詞。大部分都是以對話的方式呈現。因此內容簡單易懂，又具有很深的文學價值。

那現在就來介紹一下《羅密歐與茱麗葉》的劇情吧！

蒙太古家族和凱普萊特家族生活在義大利一個叫維羅納的都市。這兩個家族互相討厭著彼此，如果在路上相遇的話，不是打架就是吵架、酸言酸語。坐在廣場這裡的那十個男人，在作品裡，一定也是認為唯有自己的家族是傑出又優秀的，因此應該要在這裡互相爭吵。

分別出自於兩個冤家的羅密歐和茱麗葉是對清秀的男女。羅密歐來自蒙太古家族，茱麗葉則來自凱普萊特家族。他們兩個在舞會裡，對彼此一見傾心、一見鍾情。事後，羅密歐躲在茱麗葉家的後院，並且對從陽台出現的茱麗葉表達自己的心意。當然，茱麗葉也接受了羅密歐的愛。

可是如果讓家裡的人知道，那就完蛋了。所以他們找了勞倫斯神父替他們祕密證婚。以這樣浪漫的方式，他們成為了夫妻。

可是這件事竟然被凱普萊特家族的年輕人，提伯爾特發現，於是他向羅密歐提出決鬥。提伯爾特竟把羅密歐的好朋友莫枯修殺死了，氣急敗壞的羅密歐，便把提伯爾特也殺死了。

蒙太古家族的人和凱普萊特家族的人各自抱著莫枯修和提伯

爾特的屍體聚集到廣場上。當然了，他們一見面就彼此詛咒並怪罪對方，最後維羅納的領主把羅密歐驅逐到曼圖阿去了。

羅密歐光是想到要放下心愛的茱麗葉離開，就覺得心如刀割、心碎至極，茱麗葉也是一樣。不僅如此，茱麗葉的爸爸還決定要把自己的女兒嫁給帕里斯伯爵。茱麗葉若是跟別人結婚，就等於破壞兩人的愛情，然後兩家人也會無窮無盡的仇恨下去。

羅密歐的離開讓茱麗葉陷入哀傷，支持兩人的勞倫斯神父想到了一個妙計。於是他做了一種吃下去後幾天內，會陷入如死亡般昏睡的小藥丸。

勞倫斯神父對茱麗葉說明了這個計畫。茱麗葉吃下小藥丸後，讓大家都以為她死了，便會把她葬進墳墓裡。與此同時，神父會寄一封信給羅密歐，說明她會再醒來。而且等到茱麗葉一醒來，就要跟羅密歐一起去曼圖阿，到那個大家都不認識他們的地方，從此過上幸福快樂的日子。這個點子還不錯吧？勞倫斯神父的計畫既縝密又刺激，我覺得很棒呢！

就如計畫好的一般，茱麗葉吃下小藥丸後，沉沉的睡著了。

凱普萊特家族的人都以為茱麗葉是因為太傷心才會過世，便幫她舉行了喪禮。現在該輪到勞倫斯神父出現了。他只要把信寄給羅密歐、再神不知鬼不覺的把墳墓裡的茱麗葉帶出來就好。

但是就是在此時，發生了意料之外的事。

羅密歐還沒收到神父寄的信，就聽聞了茱麗葉的死訊，凱普萊特家族小姐的離世早被傳得沸沸揚揚。趁大家不注意，跑到墳地裡的羅密歐傷心欲絕。在這時候，帕里斯伯爵也來到茱麗葉的墳墓。帕里斯伯爵和羅密歐便開始決鬥、羅密歐不小心把他殺死了。

現在，羅密歐已經不想再繼續活著了。心愛的茱麗葉死了，而且他又再次成了殺人犯。為了追隨茱麗葉的腳步，羅密歐喝下毒藥後死了。真的是個非常傷心的故事吧！因為茱麗葉不是真的死去。

偏偏在這個時候，茱麗葉醒了。看到死在她旁邊的羅密歐，她以為只要自己醒來，便能看到對著自己微笑的羅密歐，誰知道羅密歐的身體早已變得冰冷。在哭了一會兒之後，她也想跟著羅密歐離去。於是她拿起羅密歐的刀，結束了自己的生命。兩個家族也因為羅密歐和茱麗葉的死亡悲痛萬分，最後也因此和解了。

故事到這裡就告一段落了。如何？是個既傷心又淒涼的愛情故事吧？可是看看現在坐在這裡的兩家人，他們的表情就像說著，出大事了！

「各位叔叔，你們怎麼還坐在這裡呢？羅密歐和茱麗葉可是愛情的代名詞，怎麼可能互不相愛呢？趕緊讓他們相遇認識，不然帶他們去遊樂園約會呀！」

「別說了，那些事我們都做過了啊！還舉行了郵輪派對讓他們參加，讓他們搭乘私人飛機去欣賞天上壯麗的白雲。甚至連一票難求的偶像演唱會門票都親自交到他們手裡呢！」

「哇！都做到這樣了，還是沒用嗎？」

「對啊，一點用也沒有。他們非常討厭彼此。連聽到彼此的名字都覺得很厭惡。」

「好奇怪！故事裡明明提到，他們可是一見鍾情……」

聽到這裡，蒙太古家族的人開口說話了：

「羅密歐和茱麗葉應該要不顧一切的相愛，現在卻相反了……羅密歐光是聽到茱麗葉這三個字，就會咬牙切齒，說她不僅長得像狐狸而且還很自私。」

凱普萊特家族的人忍不住插話：

「你在說什麼？我們家的茱麗葉也是聽到羅密歐的名字就憤恨不平，說他長得又醜又矮又胖，就像隻穿緊身褲襪的河馬！」

凱普萊特家族的人聽到這一番話，全都毫不留情的大笑。在中世紀歐洲，緊身褲襪是男性的標準衣著，就像女生的褲襪一樣，緊緊貼住腿部。如果穿上緊身褲襪，腿部的線條就會一覽無遺。可能是這裡的羅密歐真的有點胖胖的吧？

兩戶人家開始吵了起來，開始說著不好聽的話，堅持自己的家族是最好的……圍觀的群眾看了，便興奮起來，紛紛大喊起來：

「如果按照原作，讓兩人相愛的話，大家是不是又會開始找麻煩、互相攻擊？」

「就是因為你們傻傻的，不會吵架，羅密歐和茱麗葉才會有這種這樣不尋常的行動啦！」

突然，兩家子突然安靜下來。現在可不是吵架的時候，因為羅密歐和茱麗葉完全背道而馳。我現在有一件百思不得其解的事。

「叔叔，這邊不是現實世界，就算羅密歐和茱麗葉互不相愛也沒關係，不是嗎？」

「那就是你不懂了！在元宇宙要是只管自由自在的享樂，卻毀損原作的話，是不被允許的行為。如果做了不合常理的事情，那在現實生活中，原本的故事可能會消失，或者變成截然不同的結局。只要有一部分出現錯誤的話，其他的故事也會全部都會出錯。這世上的故事就像一個很大的熔爐，我們稱它們為文學。因此，大家才會這麼生氣啊！」

原來，故事裡的人物都應該要像按照寫好的劇本行動。

聚集在廣場的群眾又再次喊了起來：

「不要影響我們的故事！」

「蒙太古和凱普萊特的人，快點說服羅密歐和茱麗葉！」

而且一眼望去，甚至可以看到人群中有人拿著告示板，上面還放了羅密歐和茱麗葉的照片。

我一看到照片，心有種被敲一下的感覺。

我打了一個哆嗦。

「啊！那不正是媽媽和爸爸嗎？」

在有爸爸照片的告示板上寫著：「羅密歐，為了茱麗葉瘦一點吧！這樣看起來更登對！」的字眼，還有不出我所料的，在另外印著媽媽照片的告示板上則可以看到：「就算羅密歐長得醜，還是為他敞開心門吧！」這樣的內容。

「這是什麼荒唐的事情啊！」

茱麗葉敞開心房吧！
孝女童話協會
羅密歐好好
表現吧！
斗篷大衣委員
打起精神來 蒙太古!!!

元宇宙裡的羅密歐和茱麗葉，正是我的爸爸和媽媽！莎士比亞的話此時又在我的耳邊環繞：

「這是和現實生活有關卻不是現實生活的地方，所有的事情環環相扣。哈哈哈！」

這時有個想法滑過我的腦海。我的心情突然好了起來。哼哼看著我，一副不明白我在想什麼的樣子。

我是這樣想的：現實生活中，因為爸爸和媽媽的關係不太好，所以這個地方的羅密歐和茱麗葉也是。可是我如果讓羅密歐和茱麗葉互相喜歡的話，爸爸和媽媽又會像之前一樣相愛了。因為這裡的規則就是現實生活和元宇宙是相連的。

我現在終於知道，為什麼莎士比亞會帶我來這裡了。

我在這裡需要做的事情，就是讓爸爸媽媽和好。只要羅密歐和茱麗葉再次相愛，爸爸和媽媽也能夠和好如初了。

現在不是在這邊蹉跎，浪費時間的時候了。

「好，我就讓羅密歐爸爸和茱麗葉媽媽再次相愛吧！」

第7章 化身為茱麗葉的婢女

茱麗葉居住的寓邸就在機場旁邊。那片樹林就像亞馬遜叢林一樣茂密。

「你是誰？沒有通行證的話是進不來的。」

「我是來找茱麗葉的，她是我的媽媽。」

「你在說什麼謊？茱麗葉沒有結過婚，還是個未出嫁的少女。怎麼會是你的媽媽？離開吧！」

保護著凱普萊特家族的守衛不僅嘴上說著不能進入，還用身體擋住了入口。我應該怎麼做才好呢？如果見到茱麗葉的話，我要跟她說我是她的女兒，然後要她也去見見身為爸爸的羅密歐！

要是在門前就被趕走，該怎麼辦呀！

現在情況不妙，我該提出以騎士對騎士的身分進行決鬥嗎？

這時哼哼在我的臉邊來回飛著。

「哼哼，你有什麼想說的話嗎？」

哼哼要我使用魔法。

「這樣的話又有一個機會會被用掉！很可惜……」

哼哼的脖子後面剩下兩條紋路了。如果這次使用的話，只會剩下一個。我認為魔法要在真正最緊要的關頭才能使用。

哼哼解釋著：凱普萊特家的城牆是元宇宙世界裡最堅固的。因此，牠認為若想要這樣見到茱麗葉、說服她，就像望著天空，要把星星摘下一般的困難。

哼哼希望我能使用魔法，讓凱普萊特家族的人全都知道我是茱麗葉的婢女。這樣的話，我便能自由的進出茱麗葉的房間。

「……叫我當媽媽的婢女？」

牠急忙解釋：不是真的要去掃地洗衣服，所以沒關係！中世紀歐洲的婢女和女僕的角色不太一樣。女僕地位較低，婢女的地位可不低。因為貴族的婢女是平民，而王族的婢女通常會讓貴族來擔當。婢女通常會幫忙跑腿送信，也會陪被伺候的人說話。

「嗯，你是要我變成茱麗葉的婢女對吧？」

哼哼點點頭。

我又問了：「與其這樣，不如我念個咒語，讓茱麗葉能喜歡羅密歐，你覺得怎樣？這樣我也不用變成婢女了啊！」

這樣不就好了嗎？簡直輕而易舉！我高舉雙手歡呼起來，哼哼卻說不行。我假裝沒看到牠用盡力氣飛前飛後的樣子，只是自己高興的往前跑。

「對吧！這樣所有的問題就可以一次解決了。」

這回哼哼飛得更快了。而且為了讓我冷靜思考，還用鼻子發出了哼哼叫的聲音。我看著哼哼，聽了他的長篇大論後，感到意志消沉。好吧，哼哼說的對。

哼哼說，愛是沒有辦法透過魔法咒語實現的。愛、希望、死亡、犧牲這些偉大情操的事情，都是沒辦法任由咒語操控。莎士比亞告訴我的魔法咒語，可以讓凱普萊特家族產生錯覺，讓他們以為我是茱麗葉的婢女，但是卻沒有辦法讓茱麗葉愛上羅密歐。

「沒辦法了，我只能對我自己使用魔法了。」

背出咒語後，我說出了願望。

「愛不是用眼睛看，而是用心去感受。讓我變成茱麗葉的婢女吧！」

一團綠色煙霧籠罩住我身上的鎧甲，繞了幾圈後便消失無蹤。不知不覺中，我已穿上精美華麗的服裝，變身為婢女了。而且就在這個時候，一位守衛匆匆忙忙的跑了過來。

「你在這裡做什麼呢？請趕快進去吧！茱麗葉從剛剛開始就焦急的到處找你呢！」

我一路不停歇的朝著茱麗葉的房間走去。開門前，守衛還小聲叮嚀囑咐：

「請跟她說羅密歐真的很瀟灑英俊。請一定要說服她，如果我們沒有按照故事情節行動，可是會被其他故事的人物斥責。」

「嘿嘿，請不要擔心。」

我對守衛眨了眨眼後，便進去房間了。

茱麗葉一看到我，露出一半是高興、一半是傷心的表情。

「智柔，你去哪了，怎麼到現在才來？」

茱麗葉果然是媽媽。她穿著一身漂亮的洋裝，讓我感到有點陌生，但的確是我的媽媽。我看到媽媽，覺得好高興，卻也有些悲傷。化身為茱麗葉的媽媽，並不知道我就是她的女兒，所以現在正以看婢女的眼神看著我。

「啊，我剛剛去買了香腸吃。」

「現在是吃香腸的時候嗎？快點準備好，我們要離開了。」

「為什麼？」

「聽說我們家族的人和蒙太古家族的人正往這裡來呢！如果繼續在這裡，只能等著被他們抓回去了。而且我可能還需要跟羅密歐結婚。我要快點出去了，你快來幫幫我。」

茱麗葉急著想在眾人到來以前，先逃往城牆的另一邊。剛剛在廣場互相訓斥的兩家人，好像正往這個地方來了。

我猶豫了。畢竟我比誰都還希望兩人可以結為連理。我試著說服茱麗葉：

「媽，不對，茱麗葉小姐，你要不要就見羅密歐一次……」

「要我見他？門都沒有！」

我連話都還沒說完，茱麗葉就打斷了我要說的話。

「為什麼呢？聽說他是個瀟灑又有禮貌的紳士呢……」

「聽說？聽他自己說的吧？」

茱麗葉的嘴巴噘了起來。昨天在餐桌上看著爸爸的媽媽，正是現在這個表情。

「那您為什麼討厭羅密……」

「為什麼討厭？就討厭啊！連他的心都討厭。」

「羅密歐是個心腸很壞的人嗎？」

我心裡氣炸了。就算說爸爸壞話的人是媽媽，我也不想聽。因為我很清楚，世界上再也沒有像爸爸一樣善良又溫馴的人了。

這時，茱麗葉說了令我嚇一跳的話。

「我討厭羅密歐的原因只有一個。那就是羅密歐絕不會把自己的內心表現出來。」

「什麼？」

這個答案還真是出乎我意料之外。

「愛是要表現出來。『做得很好』、『謝謝』、『因為你這樣跟我說我感到很高興』、『加油』、『我好想你』這樣的話需要說出口，對方才能清楚明白你的心意。但是羅密歐認為這是件很尷尬的事。可能也覺得很幼稚吧？他認為這是理所當然的，不用開口，對方也能一清二楚。」

我回想著爸爸平常是怎麼和媽媽相處的。我好像真的沒有聽過爸爸對媽媽說我愛你。爸爸總是很剛毅木訥。如果能夠對忙於工作的媽媽說一些：「你很累吧？」、「你很晚回來，我其實很擔心你！」、「不要累壞了！」這樣的話，該有多好？對於披星戴月的媽媽，爸爸總是露出一副不高興的表情。

其實並不是因為爸爸很不體貼媽媽，我知道爸爸其實是愛媽媽的。他會為疲憊的媽媽預備早餐，或者不用媽媽開口，便主動準備好手沖咖啡，而且還直接手洗媽媽喜歡的襯衫。不過，因為爸爸不開口，媽媽對這些事情全都一無所知。

我開始懂了。爸爸也不是完全沒有向媽媽表示自己的心意，是因為對媽媽來說，爸爸說出口的話，聽起來都像抱怨。

我忽然想起班導師對我說的話。老師說人要誠實的把自己的心意表現出來，在朋友之間也是很重要的相處之道。喜歡就說喜歡，不喜歡就說不喜歡。如果沒有清楚的表達出來，對方也不會知道我的感覺，溝通更不會有效果。

而且老師還這麼說過，孤立別人的人要試著理解被孤立的人的心。想想對方會有多受傷、心會有多痛。所以我們應該要學會主動思考跟自我反省。只要先仔細想一想，就會發現原來是因為不理解對方的想法，才導致這樣的事情發生。

「羅密歐從來沒有表現過自己的心意。我不喜歡那種不冷不熱的男生，我喜歡浪漫的人。如果就這樣和羅密歐結婚的話，過不久我就會覺得自己好像是跟一具人型模特兒一起生活。」

「比起這件事，真心更重……」

「重要？當然重要！可是要透過表現出來，才會知道到底是不是真心呀！」

「那麼，如果羅密歐把自己的內心表現出……」

「如果他表現出來的話，會不會跟他結婚？當然會！」

我覺得事情沒有想像中的複雜。下次見到爸爸，要勸他不要像木頭一樣硬梆梆的，要把自己的內心表現出來。如果是爸爸，他一定會聽我的話的，畢竟我爸爸是個心地很好，又很細膩的人！

就在這時。

叩叩叩。

有人敲門了。茱麗葉的臉瞬間變得慘白。

「怎麼辦，好像來了！」

「我去看看。」

我走到門邊，從門上貓眼看出去，看見有個男人站在門邊。

「請問你是誰呢？」

「我是提伯爾特。因為有話要對茱麗葉說，所以來了。」

「茱麗葉小姐，是提伯爾特。」

我一打開門，提伯爾特馬上走了進來。提伯爾特謙虛的說著：

「茱麗葉，現在我們家族的人們要你和羅密歐結……」

「就是要我和羅密歐結婚，大家才會一起來找我吧？」

「是的，沒錯。」

「提伯爾特，我也知道。但是我不想要和羅密歐結婚。」

提伯爾特繼續說著：

「我，提伯爾特，會用盡所有方法和力量讓你不用跟他結……」

「你要幫助我？提伯爾特？」

「是的，沒錯。」

茱麗葉看起來高興多了。媽媽真是的，人家話都還沒說完，怎麼都能猜到對方要說什麼呢？

「這是真的嗎？提伯爾特，你真的要幫助我嗎？」

茱麗葉就像吃下了定心丸一般雀躍，但相反的，我感到晴天霹靂。這個提伯爾特真礙事。

「但是條件是……」

「有條件？是什麼呢？條件是什麼？」

茱麗葉一直打斷提伯爾特的話。

「那個……」

茱麗葉和我都不安的等著提伯爾特開口。

「和我結……」

「什麼？要我跟你結婚？」

「沒錯，茱麗葉。」

我的天啊！提伯爾特是在求婚嗎？

在原著故事裡面，提伯爾特是以茱麗葉的表哥身分出場。即使在元宇宙裡，跟自己表哥結婚這種事也能發生嗎？太荒唐了！這可是我連想都沒想過、目前最大的危機啊！

媽媽，不是，我是說茱麗葉好像暫時在思考這件事。因為如果接受了提伯爾特的求婚，就可以不用和羅密歐結婚了！

媽媽好像認為比起羅密歐，提伯爾特實在是好太多了。

提伯爾特突然有個提議。

「我每天會把自己的愛意……」

茉麗葉又打斷提伯爾特的話了。

「每天會把自己的愛意表現出無數遍？你對我的愛會用說的表現出來，用眼神、用舞蹈，不管是什麼形式，都會積極的表現出來。對吧？提伯爾特？」

「就是這樣。」

哇，那番話不正是媽媽現在最想聽到的嗎？我需要做點什麼，不讓事情繼續發展下去。哼哼也緊張的飛來飛去。

「喔，提伯爾特，這樣子的話，我……」

我趕緊貼著茱麗葉的耳邊，輕聲細語的說了一些話。

「小姐，請他給你一天的時間考慮考慮吧！聰明的人都不會在緊急情況下做決定，更何況是結婚這種大事呢？」

茱麗葉接受了我的建議，改變了心意。

「提伯爾特，我需要好好想一下跟你結婚這件事。明天再來找我，可以嗎？」

「我知道了，我會出去跟蒙太古家族和凱普萊特家族的人說，今天先不要來打擾你了！」

「謝謝你，提伯爾特。」

「那，茱麗葉，請你好好思考這件事。我只會……」

「愛我，你只會愛我？」

「沒錯，就是這樣。」

我邊把提伯爾特往門外推邊說：

「好了啦！可以出去了啦！小姐還需要休息呢！」

提伯爾特離去前，還想跟茱麗葉好好道別，卻被我阻止了。

媽媽的心情看起來很好，一副沒有什麼好等到明天的樣子。

就算是現在，光看茱麗葉的表情就知道她一定會選擇提伯爾特。

「茱麗葉小姐，剛剛不是說如果羅密歐對你表達自己的心的話，就可能會愛他嗎？可是又接受提伯爾特的求婚，怎麼辦呢？」

「但是我還有一個不喜歡羅密歐的原因。」

「什麼？還有？」

「他的鼻毛都炸到鼻孔外了！」

原來如此。爸爸確實平常不太修剪自己的鼻毛，就算是我也不太喜歡這點。

「所以如果要羅密歐好好修剪鼻毛的話，你就不會接受提伯爾特的求婚，反而接受羅密歐了吧？」

「嗯，可是如果明天之前沒有等到羅密歐的承諾，我就會和提伯爾特結婚了。」

沒有時間了。我一定要馬上找到羅密歐，把茱麗葉的話轉述給他聽。爸爸一定會相信我說的話的。

「見到面的話，就先從鼻毛的部分開始說吧！」

第8章 瀟灑的羅倫斯神父

「哼哼，我要怎麼做才可以見到羅密歐呢？」

蒙太古家族住在城市西邊最高的塔上。那棟建築物戒備森嚴，一定要有通行證才能進去。

哼哼說牠有辦法可以見到羅密歐。

「去修道院找勞倫斯神父？」

羅密歐相當喜歡勞倫斯神父，所以常常去修道院。

「哼哼，你果然沒有不懂的事呢！我選擇寵物還真是選對了。現在趕快去找神父吧！」

我來到勞倫斯神父所在的修道院。

修道院獨自矗立在經過麥田的山坡上。在這棟古老的建築物裡，靜悄悄的且非常冷清。在神父所居住的樓頂房內，有著各式各樣的繪圖工具、解剖青蛙的模型、巨大的三葉蟲化石、還有很多像火箭內部設計圖的東西、書架上也擺滿了各種書籍。

「這裡好像魔法師的房間喔！神父的興趣真是多元！」

這時，外面傳來一陣嘈雜的引擎聲。我從窗戶向外望去，看見前院來了一輛摩托車。有個身穿皮夾克、腳上套著長皮靴、頭上綁著紅頭巾的健壯男子脫下安全帽、從摩托車走了下來。

他要進到修道院的時候，還趾高氣昂的向上看了一眼。

「喔？那是誰？還不趕快下來？」

他突然大聲喊，似乎是發現我了。我趕緊踩著石階向下走。

「你是誰？竟敢站在那裡往下看著我！」

他臉上仍戴著墨鏡，質問著我。

「您好，我是茱麗葉的婢女。我來這裡是要找勞倫斯神父的，但是這裡好像一個人也沒有。」

「你為什麼來這裡？」

「為了要見羅密歐一面。聽說要找羅密歐的話，先找到勞倫斯神父就對了。」

「但是羅密歐今天不會來。」

「不好意思，請問您是勞倫斯神父嗎？」

仔細一看，皮夾克下面有條長長的十字架項鍊。神父竟然穿著騎士的服裝呢！

「您常常騎摩托車嗎？」

「當然！剛剛身體覺得沉沉的，便騎著摩托車在山坡上繞一圈才回來。」

這時候，神父身上突然傳來一陣熟悉的香味。是股清新又好聞的薰衣草味。因為實在是太熟悉了，我不禁摀住嘴巴愣在那裡。

這個味道，難、難、難道……

雖然外表變得更帥氣，但是眼神真的就跟那個人一模一樣。

「不好意思，您不認識我了嗎？」

他好像不知道我是誰。

「我是美華國小的。」

「……」

「你是我們班的趙哈哈老師，對吧？」

然後我只得到勞倫斯神父冷淡的眼神。

「在元宇宙世界，我們不會問別人他真實的身分。」

哎呀！我突然用兩隻手摀住嘴巴。我把林肯總統叮嚀的話忘得一乾二淨了。

他果然是我們班的班導師。那個總是以溫暖的眼神、溫柔的笑容望向班上每個同學的趙哈哈老師。老師在這裡是個神父，而且還很享受騎摩托車呢！

「在元宇宙，我不是你的班導師，是勞倫斯神父，知道了嗎？」

「知道了，老師。啊！不對，我是說神父。」

就算遇到我認識的人，也要假裝不認識，我再次提醒自己。

「先上樓吧！」

我和勞倫斯神父一起上到頂樓的房間裡。

「說吧，你要見羅密歐的原因是什麼？」

我把從一開始到現在發生的事情，全部一五一十的說了出來。在現實生活中爸爸媽媽激烈的爭吵、某天突然看到離婚協議書、從學校要回家的路上搭上了莎士比亞開的假想巴士、在元宇宙裡打敗了哥吉拉、救了林肯總統的事、還有羅密歐和茱麗葉的故事，必須要按照原著情節發展下去。

勞倫斯神父摸了摸鬍子後說：

「金智柔，所以你是裝病要提早回家啊！」

「對不起啦！神父。可是神父應該把我當成戰士金智柔，而不是國小生金智柔吧？」

「啊，是，對不起！那我重新說一次。所以你的意思是，羅密歐和茱麗葉是你的爸爸和媽媽？」

「對，沒錯。」

「需要羅密歐和茱麗葉彼此相愛，是因為如果回到現實世界裡，爸爸和媽媽也才不會離婚，是這樣嗎？」

「對。可是神父，茱麗葉認不出我，這是為什麼呢？」

「我也不清楚。不過來到這裡的話，需要徹底的隱藏自己的真實身分。但她可能真的沒有認出你來。」

「為什麼？」

「對於那些在現實世界所發生的事感到很煎熬的人，這是很常有的事。進到元宇宙後，會忘掉一些在現實中發生的事。因為對媽媽來說，在這個地方以茱麗葉的身分活著，可能更開心呢！」

「現實生活令她煎熬啊……」

「對呀，畢竟他跟爸爸的關係變得很緊張。元宇宙世界本來就不是為了逃避現實而存在的。在現實生活中用心的生活，來到這地方後得到不同的體驗才是重點。但是你媽媽不太一樣，來到這裡好像是為了要忘記現實所發生的事情。」

「所以她才沒辦法認出我，也不知道我是她的女兒？」

「有可能，因為現實生活對她來說可能很沉重。」

媽媽的心裡原來是這麼難受。

「所以更應該要讓她感到被愛呀！」

勞倫斯神父抓了抓下巴，露出了凝重的表情。

「我也來幫幫忙好了。可是要讓羅密歐和茱麗葉相愛真的不是一件容易的事情。他們可是不可理喻，深深的討厭著彼此。」

我不以為意的說：

「會有方法的！茱麗葉說她不喜歡羅密歐不懂得表達情感。啊，對了，而且羅密歐還有鼻毛呢！不管怎樣，她說如果能夠解決那兩個問題，她有可能會喜歡上羅密歐。所以我想先來見見羅密歐，請他先整理自己的鼻毛，然後再去找茱麗葉，把心裡所有想對她說的話，全都積極的表現出來！」

可是勞倫斯神父一聽到我的話，不自覺的露出了擔憂的表情。

「你也需要知道羅密歐討厭茱麗葉的原因，你知道是嗎？」

喔？是什麼理由呢？

「羅密歐是故意不把心裡的話對茱麗葉說的。」

「他是故意的？為什麼？」

「都是有原因的！因為茱麗葉每次都打斷別人說話！」

「啊……」

在那一瞬間，我的腦袋好像被電擊到一般。

對啊，媽媽總是打斷別人說話。不管爸爸說了什麼，她不僅不全部聽完，還斷章取義，甚至會自己下結論呢！

她剛剛在跟提伯爾特講話的時候也是這樣。正在向她求婚的提伯爾特，她也不聽到最後，還急著要奪回發話權。

勞倫斯神父說：

「不仔細聆聽對方的話，這是羅密歐最討厭的特質。雖然你沒有見過羅密歐，他呢……」

「他是我爸爸！」

「哈哈，沒錯啦！我是說羅密歐雖然長得像熊一樣笨重，卻是個心思細膩的人。之前我有叫他們兩位來到修道院。因為我也曾被那兩家族的人拜託，請我一定要說服他們兩個相愛。」

「那群人今天也聚集在廣場，討論該怎麼做呢！」

「就是說啊！那一天，我為他們兩人準備了新鮮的葡萄酒、醃橄欖、藍莓醬還有剛烤好的麵包。那時候，羅密歐看到藍莓，開始跟茱麗葉說明種植的方法，茱麗葉卻回說她沒有很在意這些事，還反問羅密歐說舞會要穿什麼衣服比較合適？羅密歐覺得茱麗葉很不尊重他，因此非常的失望。可是那天不是只有茱麗葉有錯。在那之後，羅密歐便閤上嘴，什麼都不說，讓氣氛變得很僵。可是茱麗葉什麼也沒搞清楚，在飯後甜點果凍上桌後，還跟羅密歐說那有多好吃，要他也吃吃看，結果羅密歐連碰都沒有碰。理所當然，那天發生的事情讓彼此非常不愉快。」

「哇！簡直和我們家現在媽媽和爸爸的樣子如出一轍！」

勞倫斯神父繼續說：

「兩個都一樣，雖然是茱麗葉做錯在先，她應該先聽完對方全部要說的話，再說自己想說的話。茱麗葉的性格就跟火一樣急躁，自我意識又強，當然不會把對方說的話聽到底。而羅密歐討厭的正是茱麗葉這點，是不是足夠尊重對方，可以從有沒有認真傾聽就能一目瞭然了。」

「原來是這樣。在讓羅密歐修一修自己的鼻毛前，茱麗葉應該也要先改改自己說話的習慣。」

神父的話是有道理的。因為在現實生活中也是這樣。

平常爸爸最常跟媽媽說的話就是：「你根本不把我說的話聽完，自己想怎麼想就怎麼想。」媽媽聽到爸爸這樣說，就會回他：「不用聽完也知道你要說什麼。」平常我們班導師也跟班上的同學這樣說。人跟人相處時，最重要的就是尊重。尊重從願意傾聽對方的話開始。媽媽先不尊重爸爸，爸爸當然也不會對媽媽表現自己的愛意。雖然這只是他們吵架的一部份。哼哼又開始飛來飛去了，還哼哼叫著：人和人之間最重要的就是說出口的話。

好像真的是這樣。那現在眼前的問題要怎麼解決呢？

「我來說服羅密歐吧！因為他就是我爸，他會聽我的話的。」

神父搖了搖頭。

「雖然你在現實生活中是你爸爸的女兒，在這個地方的羅密歐是不會接受的。而且羅密歐又很固執，不可能先去找茱麗葉。」

「怎麼辦才好呢？這兩個人一定要相愛呀！」

「給我一個月的時間吧！因為是我說的話，他可能會聽。在這一個月內，讓我來說服看看吧！」

「一個月？那可不行，沒有時間了。媽媽明天會馬上接受提伯爾特的求婚的。」

「喔，這樣啊！那可真是麻煩。」

「請想辦法讓爸爸媽媽相愛！老師，不，我是說神父。」

勞倫斯神父沉思了一會兒後，便從椅子上站了起來。然後他叫我跟著他走，我跟著他來到了隔壁的房間。

那裡面有一張很大的書桌，書桌上好像有可以做實驗的道具，例如燒杯、氣缸等。

「這些是什麼東西呢？」

「不要隨便摸，這裡可是有很多危險的東西。」

勞倫斯神父從冰箱裡拿出一個很大的燒杯給我看，燒杯裡面有藍色的液體。

「用這種藍莓汁的話，可以做出幾種藥。」

「您說藥嗎？」

「如果喝下這個，就可以變成想變的虛擬人物。喝下去後變身為假的羅密歐，然後去找茱麗葉，如何？」

「然後呢？」

「聽聽看茱麗葉她想說的話。然後假的羅密歐再把自己的內心感受盡情的表現出來，並來個最終大告白。」

「那真的羅密歐呢？」

「也讓假的茱麗葉去找他，假的茱麗葉去找羅密歐以後，跟他說以後都會把他的話聽完，最後要來個真心約定。」

「原來是個讓彼此聽聽對方的期待，然後互相約定的計畫！」

「就是這樣！」

「可是假的羅密歐跟假的茱麗葉，要由誰要來當？」

「你，還有……這小子！」

勞倫斯神父指向我身邊飛來飛去的哼哼，我不禁瞪大了眼睛。

「你是說哼哼嗎？」

「就是這樣。」

「哼哼，你做得到嗎？」

哼哼大驚失色，牠在我身邊飛呀飛，然後往窗外飛去了。

「要跑去哪！」

我抓住哼哼的尾巴。

「這樣子改變雙方心意後，一週後的舞會他們再相見，然後就可以像原作一樣，後續的故事也可以繼續進行了。」

勞倫斯神父把藥放在玻璃杯裡，然後餵哼哼喝了下去。

雖然哼哼一開始很不願意，讓我們很頭痛，但是等到清香的藍莓味一碰到牠的舌頭，牠便不管三七二十一的把藥全喝光了。

一喝光藥水的哼哼馬上碰的一聲，產生了一陣煙霧，牠的樣子也

改變了。雖然一點也不帥……牠變成有著爸爸臉的羅密歐了，甚至連鼻毛的部分也完整的呈現出來，不過，仍然看得見哼哼脖子後面的黑色紋路。

我用小剪刀把假羅密歐的鼻毛修剪了一下。如此一來，他便有一張可以好好見人的臉。鼻毛修剪過後看起來真的好很多。

這時勞倫斯神父急忙說：

「你是茱麗葉的婢女，趕快把假的羅密歐帶去找茱麗葉，然後讓他們給出約定吧！」

「這樣我什麼什後才要變身呢？」

「羅密歐和有個名叫維羅納的年輕人現在被領主叫去修繕渠道，大概後天才會來修道院了。到那時你再變成假的茱麗葉吧！」

勞倫斯神父把燒杯裡的藥水裝到小瓶子後給我，我小心翼翼的把那個小瓶子放進口袋裡。

就在這時候。從很遠的前院傳來有人喊叫的聲音。

「勞倫斯神父，我是羅密歐！」

神父急忙望向窗外，並氣急敗壞的說：

「天啊，羅密歐竟然已經來了！」

羅密歐已經來到修道院，而且還在入口叫著勞倫斯神父。

「你剛剛不是說，他兩天後才會來嗎？」

「就是說啊，那我們改變方法吧！智柔，你先變身，先把藥吃了！然後把哼哼藏到餐廳的倉庫裡。」

我趕緊把藥水喝下去。

碰！

我立刻變成了美麗的茱麗葉。

第9章 哼哼徒勞無功

我們急忙下樓，來到一樓的餐廳。

勞倫斯神父把哼哼變成的羅密歐，藏到炭爐旁用來放雜物的倉庫裡。真正的羅密歐則在這個時候爬上石階，進到餐廳裡來。

勞倫斯神父擺出開心樣子迎接他：

「羅密歐，發生什麼事？我以為你今天不會來呢！」

「領主大人把渠道修繕工程延到明年春天那時候了，所以才可以早點回來。」

「原來如此！」

在這個時候爸爸，不是，我是說羅密歐，一看到勞倫斯神父旁邊的我，突然驚訝的愣住了。

「是你！」

羅密歐的冤家茱麗葉，竟然會出現在修道院裡！這是他作夢也想不到的事。

神父給我一個趕快進行作戰的眼神。我走向羅密歐後說：

「羅密歐！喔，我日思夜想的羅密歐！」

羅密歐顯然對我的行動感到不知所措。

他疑惑的說：「日思夜想？我？」

我積極的回應著他：

「羅密歐，我常常想著你。以前我沒有把你的話聽完，只顧著說自己想說的，實在是犯了很大的錯誤。那不是體貼對方或尊重對方的行動。我想跟你道歉。以後不會再發生這樣的事。羅密歐，請把那些與我有關、不好的想法，全讓它順水流去吧！」

羅密歐看起來似乎在思考。這時勞倫斯神父趕緊幫腔：

「羅密歐，你好好想一想吧！女生都先來找你和解了，如果不接受的話，對蒙太古家族的名譽來說可不是件好事。」

羅密歐慢慢的點了點頭後說：

「好啊！既然您都這樣說了，我就姑且相信您一次吧！」

我和神父互眨了眨眼。

不過，當羅密歐與真的茱麗葉見面時，也需要改一改讓茱麗葉討厭的行為才行！

「羅密歐，我有一個請求。」

「是什麼呢？」

「往後的日子請多多的表現你的心意。我喜歡你、我愛你、你真美，多說一些表現自己內心感受的話語吧！有心也要表現出來，對方才會了解你的心意。」

羅密歐一聽，露出一臉自我反省的表情：

「原來我沒注意到這個部分呀！我會調整的，茱麗葉。往後的日子我不會只有想在心裡面，還會把這些感受都表現出來！」

成功改造爸爸了！

我朝著羅密歐走去，迅速的用小剪刀修剪了他露出來的鼻毛。

「這樣果然帥多了，羅密歐。」

「非、非常感謝你呢，茱麗葉！」

羅密歐靦腆的說著。

「茱麗葉，我也有話要跟你說。」

「請說！」

「不是什麼特別的事，我只是想要請你喝我剛在我們農場擠的新鮮牛奶。」

羅密歐從懷裡拿出牛奶瓶來。瓶身的小水滴，滴滴分明的流了下來，瓶內的牛奶就像雪一樣潔白。

「哇，一定很好喝。」

勞倫斯神父幫腔的說：

「剛好可以配藍莓醬跟剛烤好的麵包，而且還有橄欖。羅密歐和茱麗葉現在互相敞開心門，正是個可以好好慶祝的日子！」

我們坐到餐桌邊，把勞倫斯神父拿出來的食物和羅密歐帶來的牛奶一起美味的吃個精光！

「哇！這牛奶喝起來好清爽又好香啊！」

「就是說啊，羅密歐。你們家的牛奶真的很好喝！」

「哈哈哈，對吧？我一直都很想跟神父分享現擠的牛奶。剛好來的時候又碰到茱麗葉。現在看來，事情全都順利的解決了，來，就喝個盡興吧！」

完美，這一切都太完美了！現在只要說服媽媽就好了！

不過，不知道羅密歐是不是興致來了，他開始滔滔不絕。從下西洋棋時必勝的方法、說到一次爬上五階階梯的方法、又提到中世紀歐洲男子最流行的緊身上衣帥氣的穿著方法，一直聊到栽種藍莓的訣竅。

說真的，那些話題無聊到我無話可說，現在我稍微可以理解茱麗葉的感受了。可是我還是把他說的話全聽完了，因為那是表示尊重對方的行為。我從嘴角擠出一抹微笑，認真的聽著。不知道是因為我的行為還是有其他的原因，羅密歐在聊天時開心的大笑了幾次。

我瞄了瞄哼哼躲藏的那個炭爐旁的小倉庫。

「哼哼不知道會不會覺得很悶？」

就在這時候。

噗——

是從倉庫那裡傳來的聲音。

哼哼放屁了！就算變身成羅密歐，還可以這樣放屁嗎？可是，他為什麼挑現在？

「這是什麼聲音啊？」

麵包吃到一半被嚇一跳的羅密歐問著。

「哈哈！最近修道院有老鼠跑進來了！」

噗——

又傳來了哼哼巨大的屁聲！

「神父，老鼠會發出那種聲音嗎？」

「哈哈哈！在修道院的老鼠可能力氣很大吧，才會到處亂竄、發出這種聲音。」

勞倫斯神父勉強擠出一個藉口。羅密歐一聽，立刻站起來。

「我來抓那隻老鼠吧！」

「請坐下來，沒那個必要。那群老鼠只有我有辦法處理！」勞倫斯神父起身走向倉庫，碰的一聲，用腳踢了門一腳，甚至還從外面把門鎖上了。此後倉庫內一片寂靜。

勞倫斯神父回到位置上。羅密歐又興奮的開始說個不停，勞倫斯神父和我認真的聽他說著。在這當中哼哼還是持續放著屁；每當牠放屁的時候，勞倫斯神父也假裝自己放屁，還仰天大笑。

「哈哈哈哈哈。」

我也噗了兩聲假裝放屁，然後像神父一樣笑著。

「嘻嘻嘻。」

羅密歐以為我們是覺得他講的話好笑，他自己也很高興。我正擔心著，已經吃了一段時間了，要是真的羅密歐遇到與自己長得一樣的假羅密歐那該怎麼辦？

勞倫斯神父也有一樣的想法，於是他邊整理餐桌邊說：

「既然都用完餐了，大家該回去休息了。應該都累了吧？」

「就是說呀，羅密歐。下次見面的時候一起跳支舞吧！」

羅密歐站了起來。他走到我的旁邊，很誠懇的對我說：

「我的茱麗葉，過去那段時間我誤會你了，請原諒我的小家子氣。」

「別這麼說，我才要道歉！沒能把最好的樣子表現給你。」

羅密歐還說要送我回家，我不知所措的看著勞倫斯神父。

如果現在羅密歐去到茱麗葉所屬凱普萊特家族的城邊，要是遇到真的茱麗葉可能會出大事。媽媽，不是，真的茱麗葉還沒對羅密歐打開心門呢！

「羅密歐，先回去吧！凱普萊特家族的人會來這裡帶她回去。你跟茱麗葉和好的事情先不要公開。等到舞會的時候再讓大家知道。這樣不只是《羅密歐與茱麗葉》裡的登場人物，整個元宇宙世界裡居住的虛擬人物們都會感到開心的！」

「也是，這樣好像真的比較好！我真是思慮不周。那就照那樣進行吧！」

羅密歐在我的手背上輕輕的親吻了一下後就回去了。

我撲通一聲坐到椅子上，背上冷汗直流。

「啊，實在是太好了，沒有出任何差錯。」

「對啊，現在也該讓那小子出來了吧！」

神父用鑰匙打開倉庫門的瞬間，哼哼便出來了，牠滿臉通紅。

「你剛剛為什麼忍不了，一直不停放屁呀？」

哼哼用羅密歐的聲音回答著：

「因為倉庫裡真的有大隻的老鼠啊！」

「真的嗎？」

原來是這樣！

「可是，智柔，現在問題不是老鼠啦！出大事了啦！」

「為什麼？什麼大事啊？」

「剛剛那個羅密歐，他不是真的羅密歐啦！」

勞倫斯神父和我一聽，差點昏了過去。

「不是真的？那是什麼意思？」

我驚恐的又問了一次。

原來哼哼從倉庫門縫裡靜靜的觀察著羅密歐，發現羅密歐的耳朵裡面，竟然有黑色的紋路。就如同哼哼變身成假的羅密歐，脖子後面仍保有魔法咒語的標示一樣！我雖然看不到出現在耳朵裡面的紋路，幸好被哼哼看到了。

「這樣看來，剛剛來找我們的羅密歐應該也是誰的寵物吧？」

哼哼點點頭後說：

「我好像知道假的羅密歐是哪裡來的了。」

「哪裡來的？」

哼哼激動的回答：

「提伯爾特！是提伯爾特的寵物！牠原本是隻小蜥蜴，那小子變成假的羅密歐啦！」

「那麼提伯爾特也跟我一樣，是訪問者虛擬人物嗎？」

「不是，提伯爾特是住在元宇宙的虛擬人物。解說者虛擬人物也可以養寵物。」

「既然是這樣的話，你不能早點告訴我們嗎？」

「我有啊！是你們一直不理會我！我用腳用力踢著門，你們反而還把門鎖起來！」

啊，沒錯，剛剛我們真的是這樣對待哼哼的。

「那麼提伯爾特的寵物為什麼來這裡？」

我望向勞倫斯神父。從剛剛開始，他就聚精會神思考著。

「神父，請問您在想什麼呢？」

勞倫斯神父突然露出慌張的神情。

「原來是為了牛奶啊！」

「牛奶怎麼了？」

「假的羅密歐是為了讓我們喝下牛奶才來的！」

我回想了一下。羅密歐說想要請我們喝他們農場的現擠牛奶，勞倫斯神父還拿出其他的食物，並把牛奶倒到杯子裡，提議我們大家一起乾杯。

「提伯爾特把自己的寵物變成羅密歐，為的是要讓我和智柔把牛奶喝下去！」

「可是神父，我們剛剛喝了，喝起來不就是很新鮮的牛奶嗎？沒有什麼奇怪的味道。」

「這就要分析裡面的成分了。」

勞倫斯神父把杯子裡剩下的牛奶滴了一些在紙上，便急忙上去頂樓，前往自己的實驗室，我和哼哼也跟著一起去。神父又往沾有牛奶的紙上滴了幾滴試劑，過了一下子，那張紙竟然發出紫色光芒來。一看到這裡，神父的臉僵住了。

「天啊，原來他加了一些魔法的成分。在元宇宙世界裡，紫色象徵的是魔法。我幫你們做的藥，也都會在液體裡面施些魔法。看來提伯爾特在窺探我這邊的狀況，結果他不知道會在這裡遇上茱麗葉。」

「啊，竟然會有這種事！」

「他擔心萬一羅密歐改變主意，願意接受茱麗葉的話，情況會對他不利。不過，只要故事中沒有我的話，《羅密歐與茱麗葉》依然無法繼續進行下去。為了能向茱麗葉求婚，提伯爾特想讓我失去力量，把故事弄得一團糟。提伯爾特現在可不願意故事按照原作發展下去。」

哼哼擔心的問我：

「你肚子沒有一點隱隱作痛的感覺嗎？」

「嗯，好像沒……」

我話都還沒說完，突然碰的一聲，煙霧瀰漫，我竟然變成了一具石像。

「啊，智柔變成石像了！」

哼哼嚇了一大跳。

我全身變得硬梆梆，動彈不得。雖然有意識也還可以思考，但是卻說不出話來。

在這個時候……

碰！

「啊！連神父也是……」

勞倫斯神父也變成石像了。只剩下沒喝過牛奶的哼哼還能動。

哼哼大叫：

「智柔，拜託你下達命令！我如果沒有主人的命令，什麼都做不了。」

可是我的舌頭變得很僵硬，什麼話都無法對哼哼說。哼哼現在外表雖然是人的樣子，但牠仍舊是我的寵物。到底該怎麼辦呢？

「智柔，拜託你打起精神來！動動你的身體！」

一點動靜都沒有。真的沒有別的辦法了嗎？現在能幫助我們的只有哼哼了，這時我想起一件事。

哼哼和我從一開始不就有心電感應嗎？我可以知道哼哼在說什麼，勢必牠也能知道我在想什麼對吧？

集中精神吧！我想要集中精神後，把我的想法傳達給牠。

「哼哼，快使用最後一個魔法咒語，把我變回原本的樣子！」

希望心電感應還是可以起作用。

哼哼突然背起了咒語。

「金智柔的寵物，哼哼，來替她念咒語。請讓金智柔從動彈不得的石頭中出來吧！愛不是用眼睛看，而是用心去感受。」

哼哼放了屁。

碰！

我的身體變成原本的樣子了，是穿著婢女服裝的金智柔。

哼哼就是厲害！知道我現在需要去茱麗葉的房間，所以讓我變成婢女，不是戰士。哼哼想得真遠。

「萬歲！成功了！」

但是哼哼脖子後的紋路全消失了，我現在沒有魔法可以使用。雖然很可惜，但也無可奈何。這樣的情形下只能使用魔法了。

勞倫斯神父還是像石頭一樣，全身硬梆梆的，動彈不得。

「那神父該怎麼辦？」

我沒有辦法拯救勞倫斯神父，讓他解除石像化，因為我能使用的魔法全用光了。

「早知道會這樣的話，我就不吃香腸了。」

哼哼說：

「比起救神父，我們現在應該先去找茱麗葉比較好。要先想想該怎麼讓羅密歐和茱麗葉相愛。」

沒有辦法了，天就快亮了，提伯爾特又要再去跟茱麗葉求婚了。茱麗葉沒有從羅密歐那裡得到任何的聯繫，這樣子下去，她只能接受提伯爾特的心意了。一定要阻止這件事！

「勞倫斯神父，雖然您可能很不舒服，請在這裡等等我們。我會讓他們愛上對方的。而且一定會再回來救您的。」

為了不被發現，我在哼哼的頭上戴上兜帽，便朝著凱普萊特家族的城走去了。

經過守衛那關後，走過長長的走道，不知不覺中，我們已經站在茱麗葉的房前了。

「從現在開始，就交給你了！可以做好吧？」

「智柔，我好緊張！」

「不會有事的！我在你旁邊。你只要相信身為主人的我就好了。你等等跟茱麗葉說，以後都會把自己內心的想法表現出來。

每天都會跟她說我愛你，深情款款的望著她，溫柔的對她笑，就這樣做就好了，記得喔！」

「我知道了。」

我打開門走了進去。

茱麗葉獨自一人在看著書。

「茱麗葉小姐，我來了。」

「快來吧！已經有點晚了呢！有得到羅密歐的承諾嗎？」

「有。」

「他說了什麼？」

「請您聽他親自說吧！」

我稍微打開了門。哼哼，不是，是假的羅密歐走了進來。茱麗葉嚇了一跳。

「你怎麼敢來到這裡！」

哼哼按照我說的演了出來。

「喔，茱麗葉。像天一樣晴朗的茱麗葉啊！就像閃閃發光的並不都是金子一樣，這世界上再也沒有像你一樣美麗的了。我為什麼突然來找你，跟你說這些話呢？喔，茱麗葉。愛情這個東西，果真是盲目的！」

我感覺我的臉燙燙麻麻的……哼哼演得太過頭了啦！可是茱麗葉好像對他那一番話很是動心。

「羅密歐，您終於理解我了。」

「沒錯，茱麗葉。現在我不會再像個沒感覺的木頭了，會積極的把我對你的愛表現出來。」

「羅密歐，現在你這樣先跟我道歉，我覺得好高興喔！我也不會再做讓你討厭的事了。我會細細聆聽你說的話，把你說的話全都聽完，也會努力理解你的心。」

「謝謝你，茱麗葉。大家都很擔心我們。現在就讓我們倆如同原著一般，炙熱的相愛吧！」

「好啊，羅密歐！」

假的羅密歐和茱麗葉相擁著。

我在心裡大喊著萬歲，媽媽比想像中還好說服。哼哼看著我，對我眨了眨眼。成功一半了！

現在只需要說服真的羅密歐就好了！勞倫斯神父給我的藥瓶，現在還安全的被我保管著。我喝下藥水變成茱麗葉後，按照原計畫說服真的羅密歐就好了。這樣就會像原本的故事一般，他們深深相愛，等我回到家，媽媽和爸爸的關係也會變好。

就在這個時候，茱麗葉的房門稍微被打開了，提伯爾特走了進來。提伯爾特的肩膀上有一隻小蜥蜴。就像哼哼說的，小蜥蜴正是提伯爾特寵物。

「昨天我說的……啊！」

一進門就著急說話的提伯爾特，看到茱麗葉旁邊的假羅密歐，不禁嚇了一跳。

「咦，羅密歐怎麼會在這裡？」

「提伯爾特先生，羅密歐跟我和好了，而且我也想要喜歡羅密歐。雖然有點可惜，但……我需要拒絕你的求婚了。」

聽了這句話，提伯爾特的臉變得很蒼白。

「哼！活該！」

我對著提伯爾特的後腦勺吐了吐舌頭。

此時，小蜥蜴把嘴巴伸到提伯爾特的耳朵裡面竊竊私語。提伯爾特點頭如搗蒜的回應著。

然後他改變了態度，對茱麗葉點點頭後說：

「我只好放棄了。請你一定要和羅密歐幸福的相愛喔！」

提伯爾特突然開門出去了。這件事發生得很快，我還來不及眨眼呢！我將這句話心電感應給哼哼。

「哼哼，我們也該走了。不能在這裡太久！」

哼哼理解了我的話，對茱麗葉說。

「茱麗葉，那我就先走了。一星期後的舞會再見了。到時候我們會像原著一樣的！一見鍾情而墜入愛河！」

「好，就這樣說定了喔！」

我說要送羅密歐出去後便開門離去。

可是出去不久，馬上有人拿著劍對著我和哼哼。我驚聲尖叫，卻沒有人來幫忙。

然後我們就被帶到不知道是哪裡的地方去了。

第10章 機械舞兔子的電動平衡車

我張開眼睛，映入眼簾的是個地下監牢。

我用力眨了眨眼，仔細一看，我竟然被緊緊綁在柱子上。哼哼也變回原本的樣子，被綁在我旁邊。

我抬起頭，對上一雙瞪著我的可怕眼睛，那正是提伯爾特。

「提伯爾特！」

「你是誰？竟敢帶著那隻愚蠢的寵物去戲弄茉麗葉！」

我不服輸的大喊著：

「提伯爾特！你以為我不知道是你把神父變成石像的嗎？」

「嗯，聽你這樣說，我更好奇你的身分了呢！」

「你絕對不可能和我媽媽結婚的！」

提伯爾特瞪大雙眼。我竟然不知不覺中說出媽媽兩個字，我怎麼會這麼傻啊！

「媽媽？哇！原來茉麗葉的婢女在現實生活中是她女兒。哈哈，這樣的話我更不會善罷甘休！」提伯爾特邪惡的笑著。

「你現在在打著什麼壞主意？」

「現在我的寵物正變成羅密歐的樣子，和茱麗葉見面呢！他會表現得很憨厚，正是茱麗葉最討厭的樣子！你好不容易挽回的心意，正被我們破壞呢！如此一來茱麗葉就會繼續討厭羅密歐，並接受我的求婚了！」

「你這傢伙！其他的虛擬人物明明都希望羅密歐和茱麗葉彼此相愛，為什麼只有你妨礙他們呢？」

原本豪爽笑著的提伯爾特，瞬間收起臉上的笑容，變回原本冷酷又沉靜的樣子。

「為什麼？你很好奇嗎？這樣我就不客氣的告訴你了！首先，我對羅密歐那個無知又愚昧的樣子感到無比厭惡。但比起我，領主大人卻更信任他。而且在廣場那群人當中，他也比我得到更多的人氣，比我更像富家子弟。」

講到這裡，他的臉一陣泛紅。就算是冷靜無比的提伯爾特，似乎也累積了很多對爸爸的埋怨。

「我從以前就對茱麗葉抱有愛慕之情了！在原本的故事裡，羅密歐和茱麗葉彼此相愛的模樣，讓我非常羨慕。我才不肯放棄呢！很久以前我就設心處地的要讓茱麗葉討厭羅密歐。突然有一天，我開始不用刻意做什麼，茱麗葉就非常討厭羅密歐的一舉一動。不管是羅密歐說的話、做的事，都讓她很反感。如果沒有勞倫斯神父和你的出現，一切早已經如我所願，順利進行下去了！」

接著提伯爾特指著磚牆說：

「這個地方是凱普萊特家族的地下監牢。凡是危害我們家族的人，都會被囚禁在這裡。等到午夜，那個洞會有源源不絕的水流出來。意思是，你們會被水活活淹死，祝你們好運了。」

提伯爾特對著被綁住的我和哼哼嘲笑一番後，碰的一聲，便關上門離開了。

「糟糕了，哼哼！怎麼辦呢？我們的計畫完全失敗了！」

哼哼無精打采、下垂的耳朵告訴了我答案。

午夜的鐘聲響起。真的如提伯爾特所說，從牆上的洞裡，開始有水淙淙流出來。水很快就淹到我的膝蓋下緣，沒多久又淹過我的膝蓋了！

「救命啊！救命啊！」

我急迫求救，但誰也沒來。聲音似乎只在地下監牢裡迴盪。

水不知不覺淹到我的肚臍了。

哼哼已經完全泡在水裡，看不見了。月色從頂樓寧靜的照映下來，就像什麼事情都沒有發生般平靜。我感到焦急如焚，面對即將到來的命運不知道如何是好。

這時，從別面牆的窗邊傳來喀嚓喀嚓的聲響。過了一會兒，被鎖上的窗戶突然叮噹一響，被剪斷了。有一張臉探了進來。

「喂！快點出來！」

「咦，竟然是你！」

那是我在路上遇到，跳著機械舞的兔子呢！

「沒時間閒聊了，快點上來這裡！」

「我的身體被綁住了，出不去啦！」

兔子靈活的從窗戶跳了進來。水仍繼續流著，現在已經淹到我的脖子了。

兔子深深的吸了一口氣後，便潛到水裡，把我被綁在柱子上的兩隻手給解開了。接著我和兔子再一起進到水中，釋放了哼哼。

我們在這間水持續往上淹的監牢裡，費盡力氣，好不容易游到了窗邊，從窗戶逃了出去。一到外頭，我就看見有兩組裝著電動輪子的平衡車正等著我們。

「快上車吧！」

「謝謝。可是你怎麼會知道……」

「先不要多說廢話，快走吧！」

就像第一次和跳機械舞的兔子見面那時候一樣，他的態度仍然很冷淡，語氣冷冰冰的。就算他那樣說話，我還是覺得他是個很溫暖的虛擬人物。可是現在沒有時間想這些事情了，這時從很遠的地方有一道刺眼的光照向我們。

「啊，那是什麼？」

以提伯爾特為首的凱普萊特家族男丁手持刀劍，站在前面。

「像鼠輩一般的傢伙，你們這是要去哪裡呢？」

提伯爾特對著那些士兵喊著：

「那位茱麗葉的婢女，膽敢把假羅密歐帶到茱麗葉面前！幸好我，提伯爾特，已經把這些事情告訴茱麗葉了，如果沒有這樣做，茱麗葉很有可能會被假羅密歐欺騙，而上了他的當！」

漸漸朝我們走來的人們小聲的說：

「真的是這樣嗎？婢女？」

「我確實有把假的羅密歐帶去……」

我支支吾吾的想要把話說完，提伯爾特卻不屑一顧的用鼻子哼了一下。

「哼，茱麗葉得知去找她的羅密歐是假的，十分生氣，她甚至比以前還要討厭他了。你這個狡猾的婢女，之前說懇切的希望羅密歐和茱麗葉能如原故事一般彼此相愛，簡直是在踐踏我們所有人的信任！」

我也不服輸的迎向他們，挺直了身體。

「比起任何人，我是最希望事情這樣發展，所以才那樣做！」

「真是個彆腳的辯解！」

看著企圖動搖大家想法的提伯爾特，我簡直氣壞了！

「提伯爾特，你不也欺騙自己家族的人嗎？你不是比任何人都還要反對他們的愛情嗎？」

但是凱普萊特家族的人眼神告訴了我，比起我，他們更相信提伯爾特。因此，他們以鄙視的眼神瞪著我。

「我們以為你是來幫忙的……」

「在廣場老是問個不停的時候，我就覺得你是個奇怪的人！」

大家拿著武器，慢慢的朝著我們走來。兔子在我耳邊輕聲說：

「準備好要作戰了嗎？」

「你的意思是要跟那些人打一架？」

「不然你想要直接被抓走嗎？」

哼哼幫我把身上的服裝變回了戰士的樣子。哼哼這回當然也沒有在旁邊觀望，牠讀懂了我的心。

我從腰間把劍抽了出來。

鏘鏘！

「好吧！來打一架吧！」

聽我這麼一說，兔子指示我：

「凱普萊特家族由我來負責，你去對付提伯爾特。」

「我知道了！」

兔子踩著電動平衡車，像風一樣飛了出去，直對著那些朝著牠而來的男丁。兔子的動作既靈敏又快速，他撞擊他們肩膀、頭和背部，那些男丁們一個接著一個倒了下去。

哼哼也到處飛來飛去，一邊噗噗的放著屁。這次的屁跟以往不同，不僅臭味沖天，而且遲遲不散，聞到的士兵全都暈倒在地。

我踩著電動平衡車，手上拿著劍朝著提伯爾特刺了過去。提伯爾特也拿著劍，和我對峙著。

鏘鏘——鏘鏘——

「呀！」

提伯爾特那支巨大的劍往下一揮。我雖然勉強躲過，但是電動平衡車卻斷成兩截。

我站起身，繼續和提伯爾特激烈的對戰著。我用盡吃奶的力氣、奮力推了提伯爾特一把。提伯爾特拿著劍邊向後退，邊繼續防禦著。然後在這瞬間，我往下揮的劍把提伯爾特的劍砍成兩半。局勢現在逆轉了，提伯爾特跌坐到地上，默默的向後退去。

「提伯爾特！你妨礙他們兩個人的故事進行下去，我再也不能不管這件事了。」

我把劍往上舉，提伯爾特害怕的向後走了一步又一步，然後就掉到池塘裡了。

「再也不要出現在茱麗葉面前了！」

我往另一邊看去，兔子和哼哼正與那些男丁打得不可開交。

我正要過去的時候，從另一邊跑來了一群男子。是穿著藍色衣服

的士兵，原來他們是蒙太古家族的人呢！

哼哼對他們大老遠來幫助我們這件事感到非常高興。

「他們才不是要來幫助我們呢！」

他們是為了幫助凱普萊特家族才來的。這是理所當然的呀，現在這兩家人不再是死對頭，而是為了讓羅密歐和茱麗葉如原著所寫，進行他們的愛情故事，所以站在同一陣線上。他們現在肯定是衝著我們來的。

兔子朝我大喊著：

「現在狀況已經失控了，我們快走吧！」

「我知道，可是我走不了！」

我的電動平衡車因為被提伯爾特一砍，完全壞了。根本不能再用了。

「接住！」

兔子把自己的電動平衡車推了過來。

「踩著這個去吧！」

「那你呢？」

「別管我了！」

「我沒辦法丟下你不管！」

「你真是個傻瓜，快照我說的去做！如果你被抓住了，我拯救你這件事就是白費力氣了！快走！」

「可是……」

哼哼飛到了我的旁邊，催促著我說現在沒有時間了。

電動平衡車上放著兔子的銀手鍊，正是我白天撿到的那條。

兔子開口說：

「把手鍊一起拿走！還有一個魔法願望可以讓你使用！」

「這是你的配件嗎？」

我戴上手鍊。兔子為了要躲過敵方的刀劍攻擊，大喊：

「三個魔法中，已經有兩個被使用掉了。一個是為了跳舞，另一個是擁有完美的外貌。還剩下一個就留給你用吧！」

我始終沒有停下腳步來，同時也轉頭繼續看著那位兔子。心中滿是對他的感謝和抱歉。

「真不應該這樣的，都是因為我才害你陷入危險的。」

我哽咽的說著，兔子卻像生氣似的大喊著：

「好了啦！還能有時間講這些話，代表著事情還沒發展得太糟糕，你快走吧！」

那位會跳機械舞的兔子被凱普萊特家族的人團團包圍住，我再也看不到他了。

「那邊那個是茱麗葉的婢女！去抓她吧！」

蒙太古家族的人發現我後，跑了過來。而我則踩著兔子的電動平衡車，朝向展露黎明曙光的山丘飛奔而去。

第11章

銀手鍊的咒語

我不停勤奮的跑著、跑著，不知不覺就來到了修道院。

我走到餐廳一看，有個人握住了勞倫斯神父的雙手，正嗚咽哭著：「嗚嗚，受人敬重的勞倫斯神父，這是誰做的好事呢？」

我走近一瞧，那個人抬起憂傷的臉，盯著我看。

「爸爸！」

我差點把這些話從嘴裡吐出來。我爸爸，也就是真的羅密歐終於回來了。

羅密歐來到修道院，因為看到變成石頭的勞倫斯神父，正傷心的哭著。

「你、你是誰啊？」

「您好，我是茱麗葉的婢女。」

爸爸果真沒有認出我來。羅密歐怒視著我說：

「是你把神父變成這樣的嗎？」

因為那句話，我一時感受到一股怒氣直衝腦門。

「當然不是我，讓他變成這樣的，不正是羅密歐先生您嗎？」

「你說那什麼話？怎麼會是我？」

「因為羅密歐先生不愛茱麗葉小姐，所以讓大家傷透腦筋。神父正努力為了讓兩人和解的時候，卻沒想到反而被提伯爾特設計了這一局。」

「哎呀！」

羅密歐雙腿一軟，跌坐到地上。我更堅決的繼續說下去：

「拜託您了，去對茱麗葉小姐說出您的真心話吧！因為她還不知道您的心意。請您不要打消念頭，反而是積極的向她表達您的心意吧！您應該不是那種小肚雞腸又心胸狹窄的男人吧？」

羅密歐安靜的聽著我說的話。

「愛不是用眼睛看，而是用心去感受的。要是茱麗葉有什麼讓您不高興的行為，就去找她說清楚，去跟她說明白，把原因都告訴她。要是只在心裡面想，不表現出來，對方當然是不可能知道您的想法的。」

羅密歐仍然不發一語，只是靜靜的聽著。

「現在因為兩位都很固執，不只是神父，我也是，蒙太古家族的人也是，凱普萊特家族的人也是，大家都飽受責難。住在這裡，其他故事裡的人物也遭受著指責呢！」

聽到這裡，羅密歐才有了一點反應，他點了點頭後說：

「好像真的是我做錯了呢！我現在開始會試著向茱麗葉表達我的心。」

「您有辦法愛上茱麗葉嗎？」

「當然啦！其實我從一開始就愛著她呢！」

爸爸果然是愛著媽媽的。只是因為對媽媽的行為感到氣憤，才會關上心門。

「我就知道是這樣，所以先替您得到確切的答案了。如果羅密歐先生告白的話，茱麗葉也會對您表達愛意。除此之外，她還承諾她不會再插嘴，並且表達對您的敬重之意。」

「這是真的嗎？」

「當然，所以請抓緊這個好時機吧！提伯爾特可能還會去跟茱麗葉求婚呢！趕緊在還能挽回的時候告白吧！」

「現在不是在這裡猶豫的時候了，要趕快出發！神父……」

「不要擔心，我會想辦法把他變回原本的樣子。」

「那就拜託你了。」

羅密歐急忙離開，趕往茱麗葉所在的凱普萊特家族城門。

「萬歲！現在媽媽和爸爸會按照故事所寫的一樣相愛了！」

哼哼對我傳達了牠心裡的想法。

「你問我要怎麼把勞倫斯神父變回原本的樣子？嘿，就用這個試試看吧！」

我拿出從兔子那裡得到的銀手鍊。

「你剛剛沒聽到嗎？那位會跳機械舞的兔子也是從現實生活中來的訪問者虛擬人物。他還有最後一個願望還沒用，所以用這個把神父變回原樣吧！」

哼哼又哼哼叫的問著。

「什麼？你問我知不知道使用的方法？」

這麼一說，我確實沒有聽到兔子說過他的魔法咒語是什麼。

我要許願的時候，需要說出「愛不是用眼睛看，而是用心去感受」。這樣來看，這個手鍊也需要專屬的啟動方法，剛剛實在太混亂，都沒有聽到他的魔法咒語。

「啊，真是一波未平一波又起。」

哼哼和我又苦惱了一陣子，還把跟兔子有關的所有咒語都念了一次。

「蹦蹦跳跳，去哪裡？把神父變回原來的樣貌！」

看來不是這個。

「紅蘿蔔好，紅蘿蔔妙，神父變回原來的樣貌！」

「跳機械舞要有架勢。把神父變回來！」

「小兔子呀，快回來，快點躲起來。把神父變回來！」

「兔子啊，兔子啊，雙腳著地跳跳跳。把神父變變變，變回原來的樣貌！」

都說了各種不同的咒語了，還是沒有用。哼哼也說牠腦袋已經一片空白，沒有其他想法了。

哼哼要我想一想，兔子是不是真的沒有把咒語告訴我。

「真的沒有呀，剛剛並沒有聽到什麼！」

哼哼又在空中轉了一圈。

「嗯？你說我應該有聽到？」

我好像突然想起兔子說的最後一句話。

當時兔子一邊和凱普萊特家族的人打架，一邊把電動平衡車給了我，還要我趕快離開。我雖然要他一起走，他卻回說這樣我可能會被抓走，這樣大費周章救我就沒有意義了。我說了句既然救不了兔子也救不了神父，真不應該。那時兔子突然對我大聲喊了一句話……

等等。是不是那句話呀？我閉上眼睛，安靜的背出咒語。

「還能有時間講這些話，代表著事情還沒發展得太糟糕！把神父變回原本的樣子吧！」

哼哼不知道如何是好，在我的旁邊焦慮的飛來飛去，我悄悄的把眼睛張開來。

太好了！勞倫斯神父正漸漸變回原樣呢！我好像猜對了兔子的咒語了！

勞倫斯神父聽完我們從兔子出現並拯救了我們，還有在修道院遇到羅密歐並說服他，最後還背出兔子的魔法咒語的故事，他便對著胸前的十字架獻上感謝的禱告。

「現在羅密歐跟茱麗葉彼此愛上對方了吧？為了讓兩人相愛，並讓故事能按照原本的樣子進行，現在也輪到我上場了。之所以能這麼順利，這都是託戰士金智柔你的福。謝謝你呢！」

我難為情的搔了搔頭後說：

「事情都有好好解決，真是太好了。我也感到很開心呢！」

這時，修道院的院子傳來一陣叭叭的聲響。

「這是什麼聲音呢？」

「應該是來載你的吧！」

我走到外頭一看，發現是那輛黃色的假想巴士來了。

門無聲無息的打開，我看見駕駛座上坐著的正是莎士比亞。

司機莎士比亞開口說了：

「金智柔，現在是你回去的時候了。」

第12章 再次回到現實

我一回過神，發現我竟然就站在操場上。

我穿著學校制服，獨自站在操場中央。接送我的黃色巴士、司機莎士比亞全都消失無蹤。讓我大力撞到額頭的巴士站牌也不見了。就像回到我提早回家那天，一個人背著書包，站在操場上。

校門口的警衛伯伯氣喘吁吁的跑了過來。

「你為什麼從剛剛就站在這裡？」

「……警衛伯伯，巴士是什麼時候開走的呀？」

「什麼巴士？」

警衛伯伯說，他看到我橫跨過操場時，突然摸了摸額頭，接著就彎著膝蓋，大約在那裡站了五分鐘。所以，其實我搭乘假想巴士到元宇宙，然後再回來，總共只花了五分鐘。

「要伯伯陪你走回去嗎？」

「不用，沒關係。謝謝您。」

我從校門出來後，像失了神一般，不知不覺就回到家裡。

我解開密碼鎖，打開了門。進到家門正在脫鞋子的時候，聽到了響亮的笑聲。媽媽和爸爸正坐在餐桌邊，拿著咖啡杯面對面坐著，並開懷大笑。

原來虛擬世界與現實世界能互相影響，這句話是真的！

「咦，智柔，你怎麼這麼早回來呀？」

「我們女兒的臉好蒼白！你哪裡不舒服嗎？啊！有點發燒！」

媽媽用手摸了摸我的額頭。

「我沒事，只是有點頭暈，所以請假回來了。」

爸爸把我一把抱起，讓我躺在我房間的床上。我躺在床上的時候，仔細看著媽媽和爸爸的臉。雖然他們現在看起來有點擔心，不過我仍然可以在他們臉上看到淺淺的微笑。

「老公，智柔剛出生時，我們不是每天都這樣看著她嗎？」

「對啊！那時候小小的智柔，現在竟然長這麼大了呢！」

媽媽和爸爸心滿意足的看著我。

我還是想要確認一下。所以……

EIRIS

「媽媽，爸爸，你們不會離婚了吧？」

「說什麼離婚啊？」

「其實我都看到了……桌上那張紙。你們不會丟下我，也不會分開了吧？」

聽我這麼一說，媽媽和爸爸的眼睛變得圓滾滾的，瞪得好大。然後又開始哈哈大笑了起來。

「我們丟下你是要去哪裡呢？媽媽和爸爸約定好了，從現在開始要互相體諒、彼此相愛了。」

「是真的吧？呼，那真是太好了！」

放下心的我，終於安心的闔上了眼睛。在元宇宙裡，為了讓媽媽和爸爸和好，我可是使盡了全身的力量。現在我覺得好累喔！

於是我沉沉的睡去了。

幾天後，我提著媽媽從公司帶回來的蛋糕去到外婆家。

阿姨開心的在玄關歡迎我。

「哇！是智柔來了呢！」

「外婆呢？」

「她去游泳。應該快回來了。這是什麼？」

我把蛋糕的盒子給阿姨看。

「這是媽媽公司送的蛋糕。等外婆回來，我們一起吃吧！」

阿姨接過盒子，並打開盒子看看蛋糕。那是個塗滿黃色奶油的檸檬蛋糕。

「哇，一定很好吃！」

阿姨用食指把蛋糕上的奶油沾了一團起來吃。

「嗯，真的是很厲害的味道！」

「阿姨，就說等外婆來一起吃了！」

「知道了，知道了啦！」

阿姨瞇著眼睛笑。然後又挖了一團奶油放到嘴裡。

「啊！阿姨！」

這時我看到阿姨手腕上的東西了。因為太過驚訝，我張著嘴久久都合不起來。

阿姨一直都戴著手鍊呢！那條有著小小鈴鐺的銀色手鍊，我怎麼會到現在才發現呢？這不是跟幫助我，會跳機械舞的兔子那條手鍊一模一樣嘛！

「阿姨，該不會……」

我緊盯著阿姨看。

阿姨卻看著我，對我俏皮的眨了眨眼。

「噓，智柔。在現實生活也不能問虛擬世界裡的事情喔！」

司機很讚
司機真的很讚
You're lucky
我要變成魔法師

後記 作者的話

搭著假想巴士來到元宇宙

我最近真的好開心，因為我現在一週上一次鋼琴課。今天我坐在鋼琴前面，認真的練習著，還試著彈奏出我做的曲子呢！

對了，大家知道什麼是元宇宙嗎？讓我從故事一開始，智柔遇到的莎士比亞大叔開來的那輛布滿塗鴉的假想巴士（metabus）說起吧！其實是一種假想、超越的意思，加上代表世界、宇宙而產生的詞。所以虛擬巴士代表超越現實世界的意思。

這個詞很陌生嗎？其實不盡然。我們已經在體驗元宇宙了。沒錯，大家喜歡的線上電腦遊戲正是元宇宙的一種。使用電腦，在假想的空間裡，創造出屬於自己的虛擬人物、開心冒險的遊戲。所以電腦遊戲是一種元宇宙，還有其他方面也使用了元宇宙的概念。

這個故事中的虛擬世界，最大的特點就是它是和現實生活連接的。智柔在元宇宙世界裡遇到的人，全都是她認識的人。因為元宇宙其實就是以現實生活為主軸，發展出來的假想空間。

假想空間與現實連結的話，會發生什麼事呢？下課後雖然和班上的朋友分開了，卻能在虛擬世界的空間裡見面，也可以和移民到加拿大的阿姨一起吃著餅乾。想要去卻去不了的偶像演唱會，也可以在虛擬世界裡參加，或者邀請賓客參加線上婚禮。

這些年因為新冠肺炎（Covid-19）讓我們的生活需要和他人保持距離。我們去不了學校，必須在家進行線上課程，這也和虛擬世界有關。剛剛講的這些例子，正是虛擬世界並沒有只停留在創造假象，而是與現實互相配合的狀況。因為元宇宙是以現實為基礎去延伸的世界，在克服現實困難後而產生的新現實生活。

但是各位讀者，請一定要記住以下這段話。假想空間的虛擬世界雖然很棒，更棒的地方其實是現實生活。我們腳踩的地方，微風中瀰漫著泥土混著花香味的大自然環境裡，和三五好友牽著手而且可以一起開心大笑的空間，還有和媽媽爸爸一起享用著美食，這些都是比虛擬世界更加珍貴的。雖然在虛擬世界裡會有好玩的事情，但現實生活卻是如此的珍貴。如果逃避現實生活，虛擬世界也只是個躲避的地方而已了。

啊！已經這麼晚了，現在我需要出門了。我們家外面現在有一輛貝多芬叔叔開的假想巴士呢！他正抓著方向盤等著我。我剛剛有說過我最近在學鋼琴吧？哈哈，其實是在元宇宙世界裡向貝多芬叔叔學的。喔……我已經遲到了！叭叭！貝多芬叔叔催促我要趕快出去了！對於駕駛虛擬巴士的司機們來說，連晚一分鐘都不會等的，而且會馬上把車開走。

那麼，各位，我就先走一步了！如果你在元宇宙世界裡遇到我的話，要跟我打招呼喔！我會為你演奏一曲的！等等我呀，貝多芬叔叔！我還沒上車呢！

車釉振

那我們在其他的元宇宙再見喔！

童心園 265

突如其來的元宇宙：把笑容還給茱麗葉

난데없이 메타버스: 줄리엣에게 웃음을 돌려줘

作　　者　車釉振（차유진）
繪　　者　Eiri（에이리）
譯　　者　吳佳音
語文審定　林秀玲（中山大學中國文學系博士）
責任編輯　鄒人郁
封面設計　張淑玲
內頁排版　連紫吟．曹任華

出版發行　采實文化事業股份有限公司
童書行銷　張惠屏．侯宜廷
業務發行　張世明．林踏欣．林坤蓉．王貞玉
國際版權　鄒欣穎．施維真
印務採購　曾玉霞
會計行政　李韶婉．謝佩慈
法律顧問　第一國際法律事務所　余淑杏律師
電子信箱　acme@acmebook.com.tw
采實官網　http://www.acmestore.com.tw
采實文化粉絲團　http://www.facebook.com/acmebook
采實童書FB　https://www.facebook.com/acmestory/

ISBN　978-986-507-943-7
定　　價　350 元
初版一刷　2022 年 9 月
劃撥帳號　50148859
劃撥戶名　采實文化事業股份有限公司
104台北市中山區南京東路二段95號9樓
電話：(02)2511-9798　傳真：(02)2571-3298

國家圖書館出版品預行編目資料

突如其來的元宇宙：把笑容還給茱麗葉 / 車釉振文；Eiri 圖；吳佳音譯 . -- 初版 . -- 臺北市：采實文化事業股份有限公司，2022.09
面；　公分 . --（童心園系列；265）
譯自：난데없이 메타버스：줄리엣에게 웃음을 돌려줘
ISBN 978-986-507-943-7(平裝)

862.596　　111011549

線上讀者回函

立即掃描 QR Code 或輸入下方網址，連結采實文化線上讀者回函，未來會不定期寄送書訊、活動消息，並有機會免費參加抽獎活動。

https://bit.ly/37oKZEa